L'HISTOIRE
DE
CHARLES BRUNET

DU MÊME AUTEUR

Nous n'irons plus au bois, éd. Mazarine, 1979.
Les Demoiselles de Beaumoreau, éd. Mazarine, 1981.

MARGUERITE GURGAND
ET
JEAN-NOËL GURGAND

L'HISTOIRE DE CHARLES BRUNET

roman

MAZARINE

Ceci n'est pas un livre comme les autres.

Marguerite Gurgand était en train d'écrire L'Histoire de Charles Brunet *quand la mort l'a surprise. C'est Jean-Noël, son fils, écrivain lui-même, disposant des notes et du plan laissés par sa mère, qui a repris la phrase interrompue et achevé l'ouvrage, à la fois pour en donner la fin et pour célébrer sa mère.*

Editeur des deux premiers romans de Marguerite Gurgand, Nous n'irons plus au bois *(1979),* Les Demoiselles de Beaumoreau *(1981), nous publions ainsi ce texte où la voix de la mère et celle du fils s'accordent de façon poignante pour nous donner un de ces livres rares que tout éditeur est fier de proposer au lecteur.*

Mazarine

8, rue de Nesle, 75006 Paris

Batelier, conduis-moi jusqu'à l'autre rive.

Paul CLAUDEL

1.

L'adieu à Servane

Oupoupou... Oup... Oupoupou... Oup... Pour la première fois depuis le long hiver on entendit ce matin-là la huppe fasciée. C'était un appel triomphant, plein de vie et de drôlerie, qui jaillissait du Bois-Berger, s'étalait sur le village en sonorités cuivrées et paraissait rebondir aux quatre coins de l'horizon.

Il faisait tiède. Des vols d'oiseaux excités zébraient la gaze claire du ciel. Un bruissement, eût-on dit, sourdait de la terre en gésine, une vie cachée travaillait les sèves. C'était un matin où tout recommençait, et qui appelait le bonheur.

Servane Brunet aurait dû, à l'aube, entrouvrir sa fenêtre, savourer les yeux mi-clos ce qui restait des odeurs de la nuit et sourire à la pavane sans pudeur de ses pigeons-paons sous le gros marronnier : jabots gonflés, plumes ébouriffées, queues en éventail, les mâles déployaient leurs charmes devant les belles corsetées qui jouaient les indifférentes. Elle serait descendue avec la corbeille à grain, leur aurait parlé doucement. Courbettes et roucoulements un instant suspendus, ils seraient venus se jucher sur ses épaules, sur ses bras, auraient picoré le blé jusqu'au creux de ses mains.

Puis, d'un geste, elle aurait provoqué leur envol, se serait approchée du vieil arbre, aurait levé ses doigts vers l'un ou l'autre des gros bourgeons poisseux, aurait posé sa main sur le tronc épais, mais presque craintivement, pour ne pas troubler la vie mystérieuse qui s'y trouvait à l'œuvre. Elle aurait eu son habituel sourire incertain et, dans ses yeux toujours en quête de miracles, cette lumière d'enfance.

Mais Servane Brunet ne s'émerveillerait plus d'aucun printemps. C'était pour elle que, entre l'église et le cimetière, s'étirait l'interminable convoi funèbre, dans l'odeur d'essence et de moteurs chauds des voitures rangées de chaque côté du chemin. Il n'y aurait plus de saison nouvelle pour Servane Brunet.

Marthe Guérin, qui détenait les clés de l'église depuis le semi-abandon du clergé et l'extinction de l'espèce sacristine, remontait le cortège en se dandinant pour arriver en tête avant l'arrêt du corbillard. Le souffle court, elle brandissait comme un laissez-passer officiel le bénitier d'étain et le goupillon dont elle avait la charge. Autrefois, on pouvait sans crainte laisser les objets du culte à l'église ou au cimetière, mais Marthe Guérin se méfiait de la convoitise des brocanteurs, ces sans-foi-ni-loi qui auraient vendu des bénitiers pour faire des barbecues.

En doublant des connaissances, elle ralentissait assez pour échanger à mi-voix un trop-plein d'informations et de commentaires importants. D'une cérémonie pareille, on tirerait des jours et des jours de bavardages, mais déjà là, tout de suite, à chaud, certaines choses devaient être dites. D'autant que les invocations au Seigneur étant immuables, on les réciterait aussi bien plus tard.

A l'un :

« Qué bel enterrement, disez-moi donc! Y n'avions jamais vu tant d' monde ! »

D'une voisine :

« Dis, Marthe, as-tu vu maît' Charles ? Il n' semble point avoir un air ordinaire, même pour un veuf...

— Ben tu sais, ça fait un choc tout de même, surtout qu'il n' s'attendait à rien... Tu t'endors le soir bien au chaud, tu t' réveilles l'autre déjà toute froide à côté...

— Paraîtrait que son gendre médecin aurait eu la main lourde sur les pilules pour le tranquilliser... »

D'une autre :

« Avez-vous remarqué qu'aujourd'hui le curé a trouvé le temps d'accompagner l' corps ? Pardi, les riches, c'est toujours mieux servi !

— Voui, mais tant qu'à faire, il aurait pu mettre ses habits d'église... Un curé en civil, ça ne présente guère pour un enterrement... »

D'une autre encore :

« Qui c'est-il donc, le grand jeune homme qu'a si mauvais genre, le fils au médecin ou au professeur ?

— Ça, je n' sais point, ça change vite, à ç't' âge-là. Mais ce qui est sûr, c'est que c'est un n'hippie ! »

Bouche pincée, importante, l'œil à tout, la langue de même, Marthe repartait, se faufilait, posant lourdement en équerre ses pieds douloureux — plouf, plouf, plouf.

On n'aurait pas imaginé qu'une pareille foule viendrait mener en terre une vieille femme aussi effacée que l'avait été Servane Brunet. Née Simon

L'Aurant, elle était bien sûr apparentée peu ou prou à toute la vieille bourgeoisie poitevine, mais sa famille avait été longtemps mise à l'écart à cause de l'incompétence de son père à gérer le patrimoine. Jacques Simon L'Aurant, charmant et inconsistant rêveur, avait en effet passé plus de temps à rimer des sonnets à sa jeune femme qu'à faire fructifier son étude notariale, un certain laisser-aller n'étant de bon ton que s'il ne nuit pas aux affaires. La mésalliance de sa cadette, Servane, épousant ce Charles Brunet, avait mis le comble à la réprobation.

Mais les temps avaient changé, et on reconnaissait que Maître Brunet, adroit et travailleur, avait relevé l'étude. C'est que personne mieux que lui, probablement grâce à ses origines, n'avait su se mettre à la portée des gens de la terre pour résoudre les subtils problèmes de succession paysanne. Bref, à l'heure de se retirer, en 1978, il avait conquis l'estime de ceux qui avaient fait appel à ses services. C'est pourquoi la famille lointaine, les anciens clients de l'étude, le village et le bourg avaient délégué un représentant de presque chaque maison.

Le grand vieillard qui menait le deuil paraissait tragiquement seul au milieu des siens. Il précédait d'un demi-pas sa famille éplorée, maintenant ce léger décalage d'un sombre regard dès que l'un ou l'autre des siens semblait vouloir lui proposer son appui. Comme s'il tenait à marquer jusqu'au bout sa priorité sur cette morte qui, pendant presque un demi-siècle, n'avait paru être que l'ombre de son ombre.

Colosse à peine alourdi par l'âge, profil régulier et sévère, épaisse chevelure blanche, il n'était pas de ceux qui s'effondrent de chagrin. Mais une certaine fixité au fond des yeux noirs, comme une absence, provoquait une gêne chez ceux qui le connaissaient bien. A sa façon, cet homme-là était désemparé.

Il n'y eut point de condoléances à la porte du cimetière, comme l'exigeait pourtant la coutume locale. Au désappointement général, ce fut le curé, toujours en civil, qui remercia les assistants au nom de la famille.

Charles Brunet partit aussitôt et sans se retourner, défiant à la fois l'élémentaire politesse et le respect dû aux morts, n'attendant même pas que les fossoyeurs aient achevé leur travail. Les siens le suivirent, deux femmes éplorées, deux hommes sévères convenablement attristés, flanqués de cinq grands adolescents empruntés dans des gestes qui ne leur étaient pas habituels.

Marthe Guérin, la bouche ouverte, n'en revenait pas. Pour un peu, elle eût laissé là le bénitier et le goupillon pour courir aux nouvelles.

2.

Le rendez-vous

Josépha Biraud, dite Zépha ou encore la Biraude, plantée comme une corneille noire sur le seuil de la maison Brunet, attendait le retour de la famille. C'était une petite femme sèche et pointue, sans âge, au visage menu profondément raviné, les cheveux raides et gras, étonnamment noirs, relevés en queue de cheval et tenus par un galon. Elle tenait à la main un grand mouchoir à carreaux noué sur quelques trésors, à la manière des servantes d'autrefois se présentant pour une nouvelle place.

Charles Brunet parut ne pas la voir et entra dans la maison. C'est Anne, l'aînée de ses filles, qui s'arrêta devant elle. Josépha Biraud avala sa salive et dit :

« Voilà, je suis venue m'installer icite comme la cousine m'avait demandé. »

Silence. On n'était pas sûr d'avoir bien entendu. Josépha Biraud déglutit à nouveau, on vit la peau fripée de sa gorge s'abaisser, remonter, sa mâchoire se serrer sur un tremblement nerveux :

« Croyez bien, dit-elle amèrement, que c'est point pour mon plaisir !... »

Tous les yeux vers elle, elle se domina et voulut bien donner quelques explications :

« C'est à la dernière Chandeleur qu'elle m'a fait jurer... Elle avait apporté des crêpes, et des bonnes, je vous prie de croire, avec du café dans un thermo... Des fois, comme ça, elle venait causer avec moi... On se comprenait...

— Vous voulez parler de maman ? » demanda Anne.

Zépha la regarda attentivement :

« Vous, vous devez être la femme du médecin... »

Anne fit signe à son mari. Le docteur Girard avait l'habitude des clients difficiles. Il allait les débarrasser de cette marie-souillon qui sentait la crasse. Ou elle avait l'esprit dérangé, ou elle avait bu. A moins qu'elle n'espère profiter des circonstances pour leur tirer un peu d'argent.

Le docteur Girard s'approcha de Zépha et posa fermement sa main sur l'épaule de la petite femme. Il allait ainsi la faire se retourner et la conduire jusqu'au portail. Mais elle se libéra d'un air excédé :

« Faites excuse, mais vous ne pensez tout de même pas que je suis icite sans raison... J'ai ma maison et mon petit bien, j'ai mes habitudes, et tout ça j'y tiens... Mais j'ai juré... Je l'ai juré à cette pauvre Servane qui est maintenant au cimetière, et qui nous voit aussi vrai que Dieu existe ! Alors si c'est vous qui refusez, c'est vous qui prenez le parjure à vot' compte ! »

Elle leva une main fataliste et la laissa retomber, indiquant que les choses étaient ainsi et pas autrement.

Quel cauchemar étaient-ils donc tous en train de vivre ? Claire à son tour s'approcha. Elle avait hérité quelque chose de la douceur de sa mère, dans le regard, dans les gestes et dans la voix :

« Expliquez-nous », dit-elle. « Vous êtes une cousine de maman ?

— Pas d'elle, de lui. Les Biraud et les Brunet, on est issus de germains... Et ça date pas d'hier... Je l'ai jamais trop dit pour pas nuire à maît' Charles, mais madame Servane, elle venait des fois me voir, elle me parlait de son garçon, paix à son âme ! je lui parlais de ma petite... La veille de la Chandeleur, elle avait vu à Niort un médecin du cœur, il lui avait dit que tout était usé, usé, qu'on n' pouvait plus rien faire... C'est là qu'elle m'avait fait jurer que s'il lui arrivait quelque chose, il faudrait que je vienne ici tenir le ménage du cousin... »

Zépha renifla :

« J'ai juré parce que j'y croyais guère, et puis c'est arrivé... Alors me v'là. »

Les sœurs se regardèrent :

« Elle savait qu'elle allait partir, et elle n'a rien dit... On aurait pu s'occuper d'elle, la soigner à Paris... »

Charles Brunet, qu'on n'avait pas vu revenir, s'approcha de Josépha Biraud et dit d'une voix lente, un peu étouffée :

« La petite chambre en haut de l'escalier est prête. Va t'y installer si Servane l'a décidé ainsi. »

Anne, la fille aînée de Charles et Servane Brunet, était longue et mince, ployante, portant dans ses attitudes et ses vêtements l'assurance tranquille que donne l'argent. On la sentait comblée par la vie et trouvant normal de l'être. Elle avait épousé un médecin, Claude Girard, dont elle avait trois enfants, un Denis de vingt ans, fort en thème, fort en sport, fort en tout, et des jumelles de quinze ans, rondes comme deux petites cailles.

Claire, elle, avait le visage très doux, comme gommé, de la défunte, le même regard facilement émerveillé. Elle portait le plus souvent des tricots lâches, des tweeds un peu trop larges, des souliers plats. Cent fois par jour, elle relevait sans paraître y prendre garde quelqu'une des mèches blond-roux échappées du lourd chignon tordu sur la nuque et la fixait d'une épingle d'écaille — l'instant d'après, une autre boucle se déroulait.

« Mais fais-toi donc couper les cheveux ! » conseillait Anne, agacée.

Claire ne répondait pas. Fabien, son mari, avait tant aimé sa chevelure, au début de leur mariage. Elle vouait une passion sans faille à ce bel homme un peu fat, professeur de mathématiques, qui avait besoin de séduire et ne savait aimer. Claire et Fabien avaient deux enfants, Aude, feu follet toujours à rire et à jouer, et Bruno, l'aîné, dix-huit ans, « en pleine crise », disait-on parce qu'il réagissait contre un monde selon lui mal fait, et manifestait sa révolte dans sa tenue aussi bien que dans ses silences et ses sorties. L'aïeul le jugeait sévèrement, l'accusant de se complaire à jouer les marginaux : « Un fruit sec », avait-il même récemment laissé tomber.

Ils étaient tous là, assis dans le salon, à ne trop savoir que dire, quand Zépha entra, portant sur un plateau la cafetière fumante comme elle eût présenté les clefs de la ville. Elle avait fait toilette — blouse de satinette noire, cheveux enduits de vaseline et tortillés en maigre chignon — et pris possession de la cuisine.

La mine sévère, elle les regardait de son œil aigu et, tous autant qu'ils étaient, les jugeait à l'évidence indignes de la morte. « Ça pleure, à présent, c'est bien temps. Ont-elles jamais su, les mijaurées, ce que valait leur mère ? Et ces jeunots, c'est-il fille ou garçon, va savoir, avec leurs bloujines et leurs crinières au vent... Comme si c'était une tenue pour enterrer une grand-mère... Faut croire que les gendres n'ont guère de cœur... Le médecin, il se prend pour Dieu le Père et le maît' d'école, si j'ai bien compris, c'est un coureur de première... Des môssieurs, tu parles... Comme cette idée de demander du thé ! Un jour de funérailles ! J'en ai point fait, d'abord je n' sais point, et puis chez nous, on boit du café, encore que pour un enterrement, un bon bouillon de pot-au-feu serait mieux venu... Mais c' que j'en dis, après tout, j' m'en fiche pas mal... Et maît' Charles, on dirait qu'il voit rien, il est raide fou, pour sûr, et moi, à présent, il va me falloir vivre avec ça qui n' m'a jamais plus regardée qu'un pou sur la tête d'un teigneux... Servane, ma p'tite madame Servane, ma seule amie ici-bas, c'est pas possible de me laisser comme ça dans la misère... Qu'est-ce qu'ils ont tous à m' regarder ? »

Les larmes de Zépha ruisselaient sur son visage, s'égouttaient sur son corsage plat sans qu'elle s'en rende compte. Le regard brouillé, elle posa brusquement la cafetière devant le docteur Girard, faisant jaillir une giclée noire sur la nappe :

« Ah ! et puis démerdez-vous, à la fin ! »

Elle se détourna soudain et fila, hoquetant, vers la cuisine.

Evitant tout commentaire, Fabien La Ferté demanda à Charles Brunet :

« Père, voulez-vous que Claire reste quelque temps avec vous ?... Nous devons rentrer à Paris pour les cours de lundi, mais les enfants et moi nous débrouillerons très bien... »

Claire levait vers son père un regard anxieux, mais Anne, la sagesse familiale, enchaînait :

« Il serait plus raisonnable, Papa, que tu viennes avec nous, tout au moins quelques jours... Claude pourrait surveiller ta tension et t'aider si besoin était... »

Le vieil homme parut faire un effort pour les voir :

« Merci, dit-il lentement, mais vous allez repartir. Vous avez vos occupations, et votre mère a prévu que Zépha resterait avec moi... N'ayez aucun souci... »

Il ajouta, comme s'il venait de le comprendre :

« J'ai besoin de solitude. »

Peut-être une pointe d'amertume passa-t-elle dans sa voix qui ne tremblait pas. En tout cas, il n'y avait plus à discuter.

Au moment du départ, chacun vint embrasser Charles Brunet, enfants et petits-enfants. Déjà le vieil homme semblait pris dans ses pensées. C'est seulement quand Bruno se présenta devant lui qu'il parut s'éveiller, celui-là même qu'il avait traité de « fruit sec ». Claire, mère toujours inquiète, s'affola. Sans doute, elle aurait dû exiger une autre tenue, une autre coiffure, mais elle savait aussi que Servane ne s'en serait pas formalisée, qui aimait tant Bruno, son « révolutionnaire ». Mais Claire s'alarmait à tort. Le grand-père dit seulement, comme attendri :

« Prends soin de toi, petit ! »

Charles Brunet monta lentement l'escalier. La main s'agrippait à la rampe comme pour hisser le corps à la force du bras. Il poussa la porte de sa chambre et se laissa tomber dans le fauteuil face à la fenêtre. Le soir se posait sur le jardin, ourlant de bleu sombre les contours des arbres. Une buée montait des guérets juste ensemencés. Cela l'étonnait vaguement que tout continuât comme avant. La huppe chanterait-elle demain ? Il avait envie de mourir.

Le départ de ses enfants le soulageait. C'était difficile à expliquer. C'étaient de bons enfants, et il n'avait plus qu'eux, mais leur peine, leurs attentions à son égard lui pesaient, le détournaient du besoin urgent qu'il éprouvait de s'asseoir ainsi, face à la fenêtre, dans le silence et la solitude, pour tirer au clair, comme un dossier compliqué, le bon et le mauvais de sa vie. La mort de Servane le laissait désemparé, incertain. En même temps que sa femme, il avait perdu ses tranquilles certitudes. Pour la première fois depuis cinquante ans, Servane était au centre de tout.

Servane. Au cimetière, il ne pensait qu'à une chose : revenir à la maison, comme un animal menacé court à son gîte. Peut-être, invraisemblablement, sa femme l'y attendrait-elle.

Son tricot faisait une tache claire sur le guéridon devant la fenêtre, à la place exacte où elle l'avait posé le dernier soir. Un tricot mousseux, d'un rose éteint, destiné à l'un ou l'autre des petits-enfants. Une des longues aiguilles portait toutes les mailles, l'autre était fichée presque verticalement dans l'ouvrage. C'est alors qu'il avait vu — vu ? ou cru voir ? — Servane à contre-jour, assise sur sa chaise basse, s'emparer du tricot, en égaliser les mailles, lever les yeux vers lui et lui sourire. Puis quelqu'un avait parlé, et Servane avait disparu... S'il attendait suffisamment longtemps, peut-être reviendrait-elle ?

Le dernier soir, rien n'avait paru changé. Elle avait allumé et regardé la nuit avant de tirer les volets. Puis elle s'était dévêtue et avait fait glisser sa gaine de ce même geste qu'il voyait à sa mère autrefois quand, rentrant d'une journée épuisante, elle passait dans la ruelle du lit pour délacer son corset sombre de paysanne — toutes les femmes vieillissantes ont-elles alors cette lente caresse des deux mains pour masser leur buste libéré ?

Elle avait fait, ni plus ni moins soigneusement que d'habitude sa toilette pour la nuit, elle avait brossé ses cheveux gris. Son silence n'avait rien d'étonnant : ils parlaient peu. Il lisait déjà une revue arrivée du matin quand elle s'était glissée dans le lit conjugal. Elle avait pris un roman. Au moment d'éteindre, il l'avait regardée. Elle n'avait même pas ouvert son livre. Sa joue droite dans sa paume, bien à plat sur l'oreiller, les paupières closes, elle dormait déjà. C'est pendant son sommeil qu'elle s'en était allée, sans même un au revoir, sans une pression de doigts. Au matin, elle avait toujours le visage posé au creux de la main, mais la chair en était froide et dure comme de la pierre.

Durant trois jours, trois épouvantables jours de solitude, Charles Brunet n'avait pu se défaire d'un sentiment épuisant qui lui desséchait le cœur : une sorte de révolte, de rancune contre sa femme. C'était comme s'il l'avait surprise dans les bras d'un autre. Pour la première fois en plus de quarante ans de vie commune, elle n'était plus à sa place. Il se savait injuste, mais n'y pouvait rien.

C'est seulement tout à l'heure, au retour du cimetière, quand il l'avait revue, prenant son tricot et lui souriant, que ce sentiment s'était effacé. Il éprouvait maintenant une grande fatigue.

Charles Brunet se demandait si, après tout, et sans le savoir, il n'avait pas aimé sa femme d'amour. Au début de leur mariage, il s'était juré d'être un bon mari, parce que Servane le méritait, et parce qu'elle lui apportait l'étude en dot, lui donnant accès à cette respectabilité bourgeoise pour quoi il aurait à ce moment-là vendu son âme... Une sorte de reconnaissance loyale et fraternelle... Puis les enfants étaient nés, avaient grandi, étaient partis, et entre Servane et lui s'était installée cette connivence sans phrase qui lie ceux qui vivent ensemble depuis longtemps et qu'ont rapprochés les épreuves — il pensait à la mort de leur fils Jean-Luc. Pourtant, la façon dont il ressentait la disparition de sa femme apprenait à Charles Brunet que ce qui les liait était bien autre chose que cette connivence après tout banale, et même qu'une tendresse privilégiée. Avec sa manière d'être elle-même, si discrète, si légère, Servane au fond était devenue l'âme de leur couple, et lui qui croyait tout commander s'était trompé là-dessus comme il s'était trompé sur la nature du sentiment qu'il lui vouait. Comment ne l'avait-il pas compris plus tôt ? Le doute effroyable qui l'assaillait maintenant le poussait à cette évidence : par ambition sociale, par orgueil, par aveuglement, il était passé à côté d'une autre vie possible, moins étouffante pour les siens, plus heureuse pour Servane. Et qui sait si Jean-Luc...

Charles Brunet, fatigué, perdu de questions, marqué par les trois jours terribles qu'il venait de vivre, pensa à en finir avec tout. Mais il revit aussitôt la haute silhouette de l'abbé Troulet, le curé de son enfance, celui qui lui avait fait faire sa première communion : « Charles », lui disait-il quand il se désespérait d'avoir péché malgré ses résolutions, « Charles, tu dois revoir tes actes quotidiens depuis ta dernière confession. Etale ta vie devant toi, et ce qui te gêne, pensées, paroles ou actions, tu dois t'en expliquer avec simplicité. Ce n'est plus Monsieur le Curé qui est devant toi, mais le représentant de Dieu, et Lui sait déjà tout. Mais Il a besoin que tu en conviennes toi-même, avec humilité. C'est la condition du pardon. »

Le vieil homme retrouva, fugitivement, le goût de cette légèreté, de cette lumière, de ce bonheur immense qui l'envahissaient au sortir du confessionnal. Mais l'abbé était mort depuis longtemps et d'ailleurs Charles s'en était éloigné à la fin de son adolescence, quand il était devenu trop pénible d'avouer les pensées troubles et les flambées de désir que faisait naître en lui Lucile, la sœur aînée de Servane Simon L'Aurant.

Charles Brunet entendait Zépha s'affairer en bas. La nuit était maintenant totale. Il se dit qu'il allait descendre, faire comme chaque soir le tour des fermetures de la maison, avaler un bol de soupe. Il regarderait en passant le tricot rose sur le guéridon, la chaise basse où il lui avait semblé tout à l'heure voir Servane. Il faudrait qu'il cherche, aussi, ce registre naguère acheté pour ses heureuses proportions et son dos toilé. Un jour ou l'autre, il essaierait de mettre noir sur blanc ces idées, ces mots, ces regrets, ces souvenirs qui le traversaient sans qu'il puisse les retenir ou même comprendre ce qu'ils signifiaient. Il savait seulement que, d'un bout à l'autre de lui-même, il avait rendez-vous avec Servane.

Ne le voyant pas descendre, Zépha alla passer la tête par la porte entrouverte de la chambre :

« Maît' Brunet ! » appela-t-elle sans oser trop lever la voix.

Pas de réponse. Elle s'avança. A la lumière du couloir, elle finit par distinguer, dans le fauteuil qui faisait face à la fenêtre, la silhouette du cousin, comme abandonnée, cassée, la mâchoire pendante. Elle eut un instant de panique, sûre soudain que Charles Brunet n'avait pas survécu à sa femme — on en connaît ainsi qui ne peuvent pas vivre l'un sans l'autre :

« Eh bé mon Dieu ! Le v'là tout de même pas mort à c't' heure ! »

Enfin, elle perçut le respir du vieil homme. Il dormait. Rassurée, elle pensa que si, une seule fois dans leur vie, les hommes se voyaient dormir, eh bien, ils seraient peut-être moins fiers quand ils sont sur leurs pieds, et le notaire comme les autres. C'était sa façon à elle de lui faire payer la peur qu'elle avait eue.

Elle sortit sur la pointe des pieds.

3.

Josépha Biraud

Josépha Biraud, souris grise dans l'aube grise, descendait la sente-aux-ânes. Le poids du cabas de moleskine noire lui sciait le coude et la faisait pencher d'un côté, mais elle ne prenait pas le temps de se reposer. Comme les vieux chevaux sur le chemin de l'écurie, elle reniflait sa maison.

Le matin était pour elle le moment difficile de la journée. Bouche amère et jointures raides, elle contemplait alors le monde avec rancœur — « Si on savait seulement peurdeuque on a été mis sur la terre ! » demandait-elle certains jours à ses poules, à ses murs ou aux nuages. Elle n'obtenait jamais de réponse, et ses aigreurs passaient avec les heures. Ce jour-là, la formule fut un peu différente :

« Mais quoi donc que j' fous chez l' cousin, moi, à présent ? »

Il n'y eut pas plus de réponse que d'habitude, et Josépha pressa le pas.

Son chez-elle était un ancien fournil, vestige délabré d'une fermette depuis longtemps rasée. L'usure du temps, l'absence d'entretien laissaient cependant intacte la noblesse des pierres blondes bellement ajustées jadis par quelque compagnon limousin. L'intérieur, par contre, accusait la ruine, avec un sol de terre battue, une cheminée enfumée et un vieux four à pain dont la porte rouillée restait calée par un caillou.

Josépha était née là, dans la crasse. Déjà, le peu de temps qu'elle avait été à l'école, les mijaurées en tablier amidonné se moquaient d'elle :

Joséphine guère maline
Josépha queue de rat
Zépha t'es cracra !

« Pouilleuse ! » lui criaient-elles en lui faisant les cornes. « Pouilleuse, tu pues ! » Son sarrau, disaient-elles, était tant ciré de crasse qu'elle aurait pu porter de l'eau dans sa dorne jusqu'à Paris.

Bien sûr qu'elle avait des poux. Même que la femme du maire, qui craignait une méningite pour son drôle[1], avait demandé de lui en prendre de la graine : on savait que les poux tiraient les maladies de la tête. Bien sûr qu'elle était sale. Avant que l'eau arrive au robinet, fallait descendre au fond du puits le seau de bois lourdement cerclé de cuivre. Si elles avaient dû la remonter de vingt-cinq mètres, les péronnelles l'auraient économisée aussi, l'eau. Quand la mère était là, et pas trop soûle, c'est elle qui allait au puits. Mais quand elle courait le guilledou, le père disait qu'on pouvait se passer d'eau :

« Moi, j'en bois p'us, toi tu t' laves p'us, et pour la soupe, va à la mare. Le puits, c'est trop de peine. »

A bien réfléchir, le père aurait été meilleur que la mère, dans un sens. Sauf quand il se mettait, sans qu'on sache pourquoi, à lui cingler les fesses et les

1. Drôle, drôlesse : garçon, fille, de la naissance au mariage.

mollets à coups de ceinturon. Mais ce qu'elles pouvaient l'agacer, les gamines de l'école, à se frotter à leur mère comme des chattes qui ronronnent. Des quémandeuses de bécoteries, oui. Et les mères qui ne demandaient pas mieux, et qui fondaient, baveuses et lécheuses... Des ma jolie par-ci, des ma bichette par-là, ma toute belle, mon bébé en sucre... La petite Biraude s'enrageait à voir ça, se consolait en se disant qu'elle n'aurait pas aimé être mignotée de la sorte. Pourtant, à certains jours de languissements, pour n'importe quelle douceur, n'importe quelle tendresse, elle serait allée au bout du monde. C'est peut-être pour ça que le premier chien coiffé qui lui avait dit : « T'es belle, viens avec moi, je t'aimerai ! » avait eu l'offrande. Pour sûr, il n'en valait pas la peine, mais bah ! tout de même, quelques minutes au moins, elle y avait cru.

Le père était mort quand Zépha avait eu quinze ans. Un peu plus de vin que d'habitude, l'échelle qui bascule... Il avait agonisé six mois pour arriver à mourir d'une gangrène qui le faisait pourrir vivant. Et tout misérable, tout puant qu'il était, déjà décomposé on aurait dit, il arrivait encore à les taper, la mère et elle, quand elles s'approchaient de son grabat.

Puis la mère était partie pour une « virée », comme elle disait, et on n'avait plus jamais eu de nouvelles. Zépha était restée seule dans l'ancien fournil, au bas de la sente-aux-ânes. Elle savait qu'elle était parente avec le notaire, mais, bien trop fière pour aller tendre la main, elle avait déjà décidé de ne jamais rien devoir à personne.

Elle avait eu idée d'arranger un peu sa masure, mais pour les travaux, il aurait fallu un homme. En vérité, les hommes ne lui avaient pas manqué, mais plutôt de l'espèce voyageuse, et elle n'avait jamais essayé d'en retenir un assez longtemps pour qu'il se sente chez lui et prenne la truelle.

Il y avait bien eu ce maçon espagnol échappé d'un camp de réfugiés pendant la guerre d'Espagne. Celui-là parlait toujours de poser un carrelage comme dans son pays. Ils s'entendaient bien et Zépha avait pensé à le garder. Il s'appelait José — José et Josépha, ça semblait vraiment un bon présage. Elle avait appris à dire Jhosé, Jhosé, avec le fond de la gorge, et c'était à la fois très âpre et très doux. Il était tout jeune, l'Espagnol, mais on ne sait quelles horreurs lui durcissaient parfois le regard, lui creusaient le visage.

Les gens disaient qu'il n'était pas en règle, qu'il fallait le dénoncer aux gendarmes, que les républicains espagnols étaient tous des anarchistes, tueurs de curés, violeurs de nonnes...

« C'est pas vrai, dis, que t'as tué ? lui demandait Zépha, jure-moi que t'as pas tué !

— Si, répondait-il, si, si ! »

Il tendait le bras comme un fusil, faisait « Pan ! Pan ! » et éclatait de rire :

« C'est la guerre, niña, c'est la guerre ! »

Au bout du compte, parce qu'il riait et qu'elle aimait ce rire, elle croyait plutôt que ce n'était pas vrai.

Mais les gens s'étaient faits menaçants, à commencer par les anciennes mijaurées de l'école, comme si elles étaient jalouses. José avait pris peur, et il était parti.

« Attends-moi », avait-il dit quand même, « attends-moi, je reviendrai. »

Elle avait attendu longtemps, fidèle comme une qui a bague au doigt. Toute une année, elle avait regardé le chemin à s'en user les yeux, elle s'était réveillée la nuit au moindre bruit. Mais tu parles, il n'y avait eu que le vent, le vent et l'absence.

Il est vrai qu'il lui avait laissé un souvenir au ventre. Peut-être de ce dernier matin quand il était venu la surprendre au bord de la rivière pour lui remonter sa lourde brouettée de linge mouillé... Aucun homme d'ici n'aurait fait ça, n'y aurait même pensé...

Violette était née juste neuf mois après le départ de l'Espagnol.

Violette, ma Lélette... Toute bâtarde et pauvresse qu'elle fut, ç'avait été une bien belle enfant, délurée, franche et rieuse comme l'était son père quand il était heureux et qu'on ne lui parlait pas de ses tueries. Elle était sans regrets d'être née là, et contente d'y être. Violette, aujourd'hui, était loin. On disait qu'elle avait mal tourné — mais qu'est-ce que c'est que mal tourner quand on n'a devant soi qu'une seule route, et guère droite ?

Le soleil se levait comme Zépha entrait chez elle. Elle alla tout de suite aux bestiaux, qui logeaient dans l'appentis, sous la tôle : trois poules rousses, une belle lapine, une chatte Blanchette, fille d'une autre chatte Blanchette naguère élevée par Lélette. Elle vint tout de suite, ronronnante, se frotter aux maigres mollets.

« Aujourd'hui, dit Zépha, on fait la noce. Venez donc voir ce que je vous apporte ! »

Du sac de moleskine noire, elle tirait ses trésors : épluchures, déchets de viande, os, pain à peine rassis — « du manger de riches, dit-elle, allez, venez mes belles, petits, petits, petits... »

Déjà les poules s'affairaient, la crête battante sur l'œil rond, piochaient le sol. Zépha les regarda un instant, attendrie, puis poussa le quillon[1] délabré de son « jardin », un lopin dérisoire coincé entre l'appentis et la haie du champ voisin. « Té, les radis qui sortent ! Et mes narcisses qui commencent à fleurir, j'en porterai au cimetière... M'en vas couper une laitue bien pommée... Avec les deux œufs frais de mes rouquines, ça fera le souper du cousin... Quand je pense que je n' sais même pas s'il est gros mangeur ou si c'est un laisse-tout ! Ah ! M'ame Servane, vous pouvez vous vanter de m'avoir fait un riche cadeau, allez ! »

Zépha entra chez elle et se servit une bonne rasade de vin blanc. Le soleil levant tirait du verre épais une lumière irréelle de vitrail. C'était si beau qu'elle n'osait pas boire.

Elle dut rêver un moment, Zépha, car elle s'aperçut soudain que le soleil avait tourné, qu'elle n'avait plus devant elle, sur la toile cirée usée, qu'un fond de vin de table ordinaire en réclame à la Coop. Elle l'avala cul sec et pour une fois sans plaisir :

« Oh ! la la ! et le cousin qui va être réveillé, m' faut aller lui faire son café en vitesse... Allez, au revoir ma Blanchette, cours à la vermine, ma belle ! A demain teurtous ! »

Journée difficile. Tour à tour abattu et énervé comme un adolescent risquant de manquer un rendez-vous, Charles Brunet arpentait la maison,

1. Quillon : déformation de clayon, portillon à claire-voie.

épiant le moindre signe. Mais Servane ne reparaissait pas.

A peine s'il semblait se rendre compte de la présence de Josépha, qui glissait furtivement sur ses semelles de feutre avec des regards d'animal traqué ou bien au contraire, soudain paralysée, se figeait en gestes inachevés.

Deux fois le téléphone sonna. C'étaient Anne et Claire qui prenaient des nouvelles de leur père. Il répondit brièvement que tout était normal et reposa vite le récepteur en place.

Pour le déjeuner, Zépha accommoda des restes de la veille et les servit à Charles Brunet dans la salle à manger — à peine d'ailleurs s'il y toucha. L'après-midi, il partit au cimetière, où des inconnus avaient fleuri la tombe de sa femme. Il resta longtemps, très droit, mains ballantes, à fixer le ciment frais.

En rentrant, il tourna à nouveau dans la maison comme un chat perdu, puis quand vint le soir, à on ne sait quels signes, il décida que Servane ne reparaîtrait pas aujourd'hui. Il appela Zépha :

« J'ai froid, dit-il, allume une flambée... Je ne souperai pas ce soir. »

Elle hésita à lui parler de ses œufs et de sa laitue pommée. Peut-être devrait-elle le forcer à manger ? Ces grands hommes pleins de chagrin ne sont guère plus raisonnables que des enfants. Mais elle eut peur de se faire rabrouer et fila au bûcher.

Charles Brunet ne la vit peut-être même pas disposer le menu bois, le papier journal, frotter l'allumette. Il était parti dans ses songes. Il lui semblait que pour comprendre la vérité de sa vie, il lui fallait remonter à bien plus loin que lui.

4.

Vincente et Alcide

En vérité, Charles Brunet ne pouvait remonter bien loin dans son arbre généalogique. Sa mère, en effet, avait été une enfant abandonnée. Les sœurs de l'hospice la trouvèrent, un matin de l'hiver 1890, engourdie de froid devant leur porte, bébé de quelques heures entortillé dans une chemise de toile anonyme.

On l'appela Vincente, du nom du saint patron des enfants abandonnés, et on la confia à sœur Louise, vieille religieuse responsable, à l'hospice, de la basse-cour, de l'étable et du jardin.

Quand sœur Louise, pour la traite, enlevait sa cornette et ne gardait sur son crâne rasé que le béguin blanc protégé d'un foulard, elle nichait Vincente dans la paille avec la chatte rousse, et l'enfant, suçant son pouce, écoutait gravement le bruit régulier du lait giclant dans le seau de fer.

La traite achevée, la religieuse tirait du coffre à grains placé au fond de l'étable une assiette ébréchée et une tasse enveloppée d'un linge blanc. Elle versait une larme de lait dans l'assiette pour la bête, mais remplissait ras bord la tasse pour l'enfant. Rajustant sa cornette, elle s'excusait tout haut auprès de son Maître :

« Je ne devrais pas distraire de la part de la communauté ce lait qui ne m'appartient pas, mais Vous savez bien que cette petite, autant que cette chatte, en ont besoin... Et il leur en faut si peu ! »

Puis elle chassait la chatte de son grand mouchoir à carreaux et essuyait la bouche de l'enfant cernée de mousse accusatrice. De même, chaque soir, elle choisissait le plus gros œuf de sa levée, en perçait les deux extrémités avec la longue épingle qui retenait la croix d'argent sur sa poitrine.

« Aspire, aspire fort, petite, bois, cela te profitera... Je m'en accuserai à confesse, mais que Dieu me pardonne, je ne regrette rien. »

Grâce à la tendresse ingénieuse de sœur Louise, l'enfant ne souffrit jamais du manque de jouets. Sans doute en fut-elle davantage pourvue que bien d'autres petites paysannes de son âge. Le jardin fournissait la matière première aux émerveillements faciles. La religieuse, de ses gros doigts de travailleuse, liait prestement les pétales rabattus des coquelicots en robe de ballerine autour de la tige gracile, et les poupées minuscules s'alignaient sur la brouettée de provende fauchée pour les lapins. Pour jouer à la dînette, dans les feuilles de choux ou de rhubarbe, les fruits de la mauve figuraient les fouaces, ceux du genévrier les petits pots à trois pattes pour cuire des brimborions de nourriture devant un feu figuré par trois brindilles assemblées. Les longues feuilles d'iris, criblées de signes minuscules par un bâtonnet épointé, n'étaient rien moins que les feuilles de papier où les grandes alignaient péniblement l'alphabet à la classe de l'orphelinat. Sans compter les offrandes : fleurs aux tiges écourtées ou coquilles vides d'escargots que, chaque soir, Vincente courait déposer aux pieds de cette Vierge blanche, qui du haut de ses trois degrés de pierres plates, se penchait pour bénir le jardin et tous les malheureux du monde.

L'enfant Vincente, sans doute, était heureuse. Mais, alors qu'elle allait avoir dix ans, la République décréta la dispersion des communautés religieuses. Les sœurs eurent tout juste le temps de trouver une femme de bonne renommée chez qui placer Vincente.

Ses expériences d'enfant-servante, elle ne les raconta jamais à personne. Elle ne devait y faire allusion qu'une fois, et ce fut pour mettre son fils en garde :

« Tu vois, Charles, il y a du bon monde, mais y en a 'core bien plus de mauvais et de vicieux. Les drôlets qui n'ont point de défenseur sont comme des oisillons veillés par le chat au sortir du nid... Sœur Louise heureusement m'avait recommandé de ne jamais montrer ma peur... " Sois hardie, disait-elle, si on t'attaque, regarde bien en face et aie surtout l'air de savoir que tu peux leur en faire coûter cher. " C'est grâce à elle s'y n' m'a point trop mésarrivé chez les autres. »

Mais Dieu seul saura jamais contre quels démons la petite dut livrer bataille, et complètement seule, jusqu'au jour, en fait, où elle rencontra celui qui deviendrait son mari.

Alcide Brunet était le troisième d'une famille de onze enfants. Il en venait régulièrement un tous les quatorze ou quinze mois. Le vieux était journalier agricole quand il se sentait du goût pour le travail. Sa femme, reine pondeuse de sa pauvre ruche, ne pouvait s'occuper que des derniers venus. La sélection se faisait tôt ; seuls les plus solides subsistaient. Dès que les aînés savaient reconnaître une vache d'une chèvre, on les louait pour garder les troupeaux. Les maîtres offraient alors pour ces petits bergers une paire de galoches, la nourriture, quelques hardes plus ou moins bien rafistolées à la taille du gamin et une pièce d'argent en fin d'année si l'enfant rendait suffisamment de services. Cette pièce, le vieux venait rituellement la chercher lui-même et, tout aussi rituellement, la dépensait à l'auberge sur son chemin de retour.

Quand il fut en âge, Alcide trouva à s'embaucher à la Gueurletterie[1], une ferme de trois cents boisselées, considérable pour la région et l'époque. Alcide y eut toujours le ventre bien rempli. Il couchait à l'étable, dans un châlit de planches mal équarries suspendu au mur juste au-dessus de la couche du grand valet. Il connut là les habituelles maladies d'enfance, sans doute ni plus mal ni mieux soigné qu'il l'eût été dans sa famille. Il y avait tout ce qu'on estimait être bon pour le petit berger : la paille sèche, la chaleur des bêtes, la laine en suint arrachée des toisons, remède jamais égalé pour guérir angines, jottereaux et coups de froid. Alcide, plus tard, disait n'avoir souffert vraiment que des engelures aux pieds et aux mains qui, chaque hiver, le tourmentaient des premiers froids jusqu'aux beaux jours. La peau gercée suppurait. Il fallait au réveil emmailloter les pieds gonflés dans des chiffons fournis par la fermière et essayer d'entrer dans les galoches au cuir durci. Certains matins, l'enfant, le visage barbouillé de larmes, arrivait, pieds nus, dans la cuisine où tous mangeaient déjà la soupe. La patronne, apitoyée, disait :

« T'es pourtant bé courageux, va, mon drôle d'Alcide... M'en vais t' bailler pour an'hui[2] les bots

1. De gueurlet, prononciation de grelet ou grillon.
2. An'hui : aujourd'hui.

de bois au pépé qui n' sortira point guère par c' temps. »

Et, enfin soulagé, les orteils épanouis sur la paille tiède des sabots trop grands, le petit clopinait bravement derrière ses bêtes.

Pour les mains, il y avait toujours en réserve dans une anfractuosité de la muraille, à l'étable, une écuellée de suif fondu. On s'en servait indifféremment pour le pis des vaches et pour les gerçures saignantes que les gros travaux d'hiver taillaient dans le cuir épais des paumes. Le grand valet, au réveil, quand le petit allongeait ses doigts précautionneusement et en massait les jointures boursouflées par les sanies et le sang gâté, conseillait le remède infaillible :

« Pisse dessus, puis mets-y do suif et va te sécher à la toison dos ouailles, o y a rin d' tel. »

Alcide grandissait. Il forcissait. Il eut quatorze ans. Cette année-là, le patron le mit à conduire les attelages et à tenir la charrue. Un soir, après souper, quand tous furent sortis de la cuisine, sauf les femmes qui, penchées sur la chaudière d'eau grasse, lavaient la vaisselle, patron-Anselme le rappela. Il posa deux verres sur la table et y versa la rincelette d'eau-de-vie réservée aux hommes qui traitent un marché. Ils convinrent que, dorénavant, Alcide serait payé comme jeune valet, à charge pour lui de se vêtir. Mais il paraissait sage de ne plus donner que la moitié de la paye au vieux. Patronne-Irma gérerait le reste, de façon qu'au retour du régiment, le garçon puisse trouver un peu d'argent s'il désirait s'établir.

Il ne partit point aux armées, quoiqu'on en ait longuement discuté et gémi à l'avance. L'année de ses onze ans et de sa communion, à la suite d'un refroidissement, il lui était venu un chapelet de glandes au cou. L'enfant, tout en faisant son travail, était fiévreux, alangui. Le suint n'y fit rien. Le collier de laurier-cerise non plus. On fit appel à la toucheuse locale qui diagnostiqua les écrouelles.

« Eh bé, eh bé, avour [1] ! dit la fermière. O n'y a pu de roi de France pour les toucher et, de toute façon, y n'aurions point osé y mener notre pauv' bistreau. Et où qu'on trouvera quéqu'un qu'aurait le don ? »

Un homme vint. Fit les prières et un cataplasme de feuilles de pas-d'âne trempées dans du caillé. Les glandes s'ouvrirent. Tout en continuant de garder ses bestiaux, Alcide devait, sur ordre du guérisseur, s'étendre en plein soleil dans la prairie et laisser les rayons lui rôtir le cou. Il était, il faut croire, bâti à chaux et à sable, puisqu'il guérit, mais la peau resta labourée, couturée, plissée en étoiles à l'endroit où les glandes s'étaient formées. Sa seule coquetterie d'adolescent fut de tenir caché ce col torturé. Patronne-Irma lui réserva donc ses vieux foulards de coiffe, et ils firent désormais comme partie de lui-même.

Quand Alcide s'intégra dans la file des conscrits honteux et gauches de leur nudité, ceux qui le connaissaient trouvèrent presque normal qu'il eût encore autour du cou son vieux foulard effiloché. Ce fut un major en colère qui le lui fit sauter d'un geste hargneux. Mais il se figea, laissant filtrer entre ses lèvres un petit sifflement incrédule. Ces messieurs s'arrêtèrent de palper les futurs soldats de la République et s'approchèrent aussi. On questionna. On regarda encore. Les écrouelles passaient pour la marque indélébile d'une première atteinte

1. Avour : maintenant.

de tuberculose. Alcide, parfaitement constitué et par ailleurs d'apparence saine, fut réformé définitivement.

Assuré de garder son valet, patron-Anselme fut bien soulagé. Le Toine se faisait vieux et ne pouvait plus tenir le rythme exigé d'un va-devant ; on lui confia donc l'entretien de la cour et de l'étable, et les travaux d'aide aux femmes, puiser l'eau et fendre le bois, cuire le pain. Alcide fut intronisé grand valet ou va-devant. Il fallait, pour accéder à ce titre, avoir fait ses preuves de forces physiques et de courage, être assez intelligent pour entreprendre, surveiller les tâches et trancher les différends, assez adroit pour dresser et manier bœufs et chevaux, et surtout tracer des sillons parfaitement rectilignes.

Alcide prit donc la place d'honneur des domestiques, au bas bout de la table et face au maître de maison. Il distribuait la nourriture, traçait la croix sur le pain de ménage avant de le couper, et versait le verre de godaillle, le seul verre de vin du repas, la piquette ou le cidre restant à volonté.

Quand le va-devant essuyait la lame de son couteau sur le velours du pantalon, terminant le geste en la refermant d'un claquement sec, chacun devait faire de même et, rassasié ou non, se lever et le suivre. Et, cet été-là, il marcha devant son équipe, la grande faux ou la fourche et le râteau sur l'épaule, de la démarche lentement balancée des laboureurs.

Le père d'Alcide ne venait plus chercher l'argent. Un hiver pluvieux, les fossés des chemins se remplirent jusqu'à déborder. Sortant du cabaret, le vieux crut reconnaître son grabat dans la blancheur lunaire de l'eau. Il s'y coucha. On le retira de l'eau avant qu'il ne s'y noie. Et parce que tout le monde sait qu'un ivrogne n'attrape pas de mal, on le renvoya tout grelottant chez lui, où il mourut d'une congestion pulmonaire. On ne le pleura guère. Tant que les petites dernières ne furent pas elles-mêmes en place, Alcide continua de porter la moitié de ses gains à la chaumière. Mais moins par affection, sans doute, que par devoir, par solidarité de pauvres.

5.

Le cabinet de merisier

Comment Alcide et Vincente se trouvèrent, c'est encore une histoire comme il s'en passe tous les jours, mais que personne ne pouvait imaginer. Vous avez beau, après, essayer de démontrer la manigance, vous n'y trouvez que du destin, comme si certaines gens étaient de toute éternité destinés l'un à l'autre et que ça ne puisse pas se passer autrement. Pendant longtemps, Vincente pensa que c'était sœur Louise qui, du haut de son paradis, avait tout organisé, et elle ne manqua jamais de la remercier à la messe du dimanche, même après, quand le malheur fut survenu.

A cette époque-là, donc, patronne-Irma prenait de l'âge. Elle devenait moins alerte. Tout un hiver, elle se plaignit de rhumatismes qui, aux premières humidités, évoluèrent en sciatique. Elle n'avait jamais eu d'enfant. Par bonté naturelle autant que par nécessité, elle avait recueilli depuis pas mal d'années une pauvre innocente. Si elle lui abandonnait, avec force recommandations, la régence de la basse-cour et de la soue aux cochons, elle ne lui aurait confié pour rien au monde la laiterie et la maison. Question ménage, la fermière était minutieuse comme pas une. Elle engagea donc une voisine à la journée. Celle-ci lui avait toujours fait bonne impression... Mais les relations de voisinage et celles des travaux partagés ne sont pas les mêmes. Celle que l'on croyait chez elle active et économe se révéla au service des autres guère courageuse et fort chérante.

« O mon pauvre homme », se plaignait-elle à son mari, « tu peux pas savoir combin ceux qui n' payont pas sont généreux pour mettre le lard au pot, adouber la soupe et couper combin épaisses les tranches de jambon... A thielle allure, not' goret fera seulement pas trois mois... Eh là, eh là, doux Jésus, qué malheur, en un rin de temps, tout not' bien va partir en eau de boudin. »

Geignant, se lamentant, elle essayait de mouvoir sa masse douloureuse, ne sachant plus ce qui était le pire, de souffrir dans sa chair ou de confier son bien à des mains indignes. Le jour où elle réalisa que le merisier brillant du grand vaisselier devenait terne et que ses ferrures se piquaient de taches sombres, elle pleura. La rouille sur les fiches déshonore une maison bien tenue.

On fit donc chercher le vieil homme qui avait guéri les écrouelles d'Alcide. Il tenait son savoir d'un ancien curé, mort en odeur de sainteté, et dont il avait été pendant quarante ans le sacristain, le cocher et le fournisseur de simples. C'était tout de même rassurant ; on était en territoire chrétien, autant dire béni.

Le vieux hocha la tête, gratta un poil rêche qui ne connaissait le coupe-chou qu'une fois par semaine, sortit de sa tabatière une prise qu'il aspira lentement pour se donner le temps de bien cerner la question ; enfin, essuyant son nez noirci, il soupira :

« Thiès sciatiques olé-t-une dos pires saloperies que l' Bon Dieu envoie au pauv' monde. O doit venir de la charpente osseuse, et, pour la charpente, o n'y a qu'un remède, o l'é la crotte de chin bianche... Vous allez renfermer vout' chin et vous l'y ferez pendant deux jours manger que dos os. Rin que dos os. Le crottera tout bianc. Vous ramassez bien proprement thiès crottes, vous o fasez sécher sur un linge, et vous o z'ébouillez dans do vin bianc... Si vous songez pas ce qu'ol'é, vous o trouverez pas chéti. O faudra en boire un verre à jeun tous les matins pendant sept jours. Mon défunt curé m' disait qu'o l'était d' la chaux toute digérée qui filait à l'endret malade. »

Patronne-Irma n'avait jamais entendu parler de la difficulté éprouvée par les humains à assimiler le calcium. Mais, pour en avaler du prédigéré sous forme de « merde de chin », elle ne se montra guère enthousiaste. D'abord, où trouver des os en suffisance ? Et Taillaud était nécessaire à l'innocente pour veiller aux troupeaux... Et avaler ça à jeun, quand on est déjà un peu délicate sur le manger !... Et voilà-t-il pas qu'à ce propos, la voisine réclamait à présent une cuisson de pain tous les quinze jours, le pain moisi n'étant pas sain... Pas sain, quand, bien rassis, il commençait juste à faire du profit... Ah ! misère, on aurait tout vu.

Un matin, las de l'avoir entendue geindre et pleurer toute la nuit, le patron appela Alcide :

« Fais atteler le char à banc, mon gars... M'en vais emmener la patronne à Puy-Bolin, n'y a que le Dormeur pour la soulager... Mais va falloir la monter dans l'équipage, et ça va guère être facile. »

Poussant et tirant, les deux hommes hissèrent la malade sur le siège en bois. Le patron prit les guides et fouetta la percheronne.

Dormeur visionnaire, soigneur avisé, le devin de Puy-Bolin était une sommité médicale. Nul ne cherchait à savoir s'il tenait son pouvoir de Dieu ou de Satan, mais il soulageait et sa renommée s'étendait à tout le Mellois et sans doute au-delà.

Il se recueillit devant la grosse fermière et conseilla de fouailler chaque matin les parties douloureuses avec une poignée d'orties. Bien grainées de préférence. Mais là n'était pas l'essentiel, lequel était de porter à même la peau — et la vie durant — des pantalons de flanelle rouge. Voui, rouge, et pas autrement. C'était son remède, au devin de Puy-Bolin. Et cela se savait loin d'ici. Peut-être la teinture de cochenille qu'on employait encore y était-elle pour quelque chose ? Ou bien la foi qui transporterait les montagnes ? A moins qu'il y ait accointance avec certains marchands ? On ne saura jamais. Il fut un temps où les lessives campagnardes d'alentour fleurissaient d'écarlate au soleil. Des lots de pantalons de femmes, fendus et à longues jambes, se gonflaient au soleil sur les étendoirs familieux, comme si des escouades de zouaves campaient chez nos rhumatisants.

Déjà revigorée par l'idée de pouvoir renoncer à son apéritif matinal, patronne-Irma, sur le chemin du retour, comprit cependant que tout ne serait pas aussi simple qu'il y paraissait. Les paysannes d'alors ne s'embarrassaient guère de dessous froufroutants. La chemise de grosse toile descendant à mi-mollet, serrée dans une corselette noire lacée, serrée pour remonter les seins, et un ample jupon de droguet bien épais étaient toute la lingerie féminine. Quand besoin en était, on empoignait à deux mains l'épaisseur des cotillons pour les éloigner du corps et les préserver des éclaboussures et, jambes écartées, on jetait l'eau, debout, sans complexe, tout comme les mâles. C'est dire si le devin compliquait la vie avec ses fameuses culottes.

La tailleuse retenue, la flanelle cramoisie se révéla introuvable. Il y en avait de la blanche, de la grise, de la beige ; de rouge, point. On fut chez une cousine qui avait été guérie de ses douleurs et dont les lessives, chaque premier lundi du mois, arboraient des dessous flamboyants. Elle donna l'adresse d'un forain qui venait aux foires de Melle, de Brioux, de Lezay.

« T'iras dès vendredi à Melle, moun Anselme, dit patronne-Irma, et en même temps, tu t'informeras pour une chambrère ; si elle est travailleuse et économe, elle nous aura vite fait rattraper la dépense. »

Le vieux fut réticent. Choisir une jeune drôlesse, c'était plutôt agréable ; quant à acheter de l'étoffe pour les dessous de « thiès sacrées fumelles », pas question. Il trouva un biais :

« Ecoute, va-devant, tu vas atteler la Pomponne à la mue, y emmènerons une grouée de petits gorets et, pendant que mé, y vendrai thiès bestiaux, té, tu feras les commissions à la patronne. »

Alcide savait à peine lire et écrire, ses journées d'école n'ayant été que celles d'hiver où le mauvais temps empêchait de sortir les bêtes. Pour le catéchisme, il allait à la cure le soir après souper. La fermière déchira tout de même une page du cahier où elle notait les chaleurs des vaches, truies et chèvres, et inscrivit avec application : « Dix mètres de flanelle rouge comme on met pour le devin. » Ainsi, les hommes n'auraient qu'à tendre leur papier au commerçant et leur serait épargnée la honte de bredouiller devant les acheteuses narquoises.

Allongeant le cou pour mieux voir, tendant les mains pour palper, frétillant de la croupe pour se faufiler, les femmes étaient agglutinées comme des mouches devant le déballage du marchand forain. A croire que l'entrée du Paradis était là. Alcide, son papier à la main, essaya de s'approcher. La fille qui était devant lui portait la coiffe pelboise et se choisissait une robe de cotonnade sans arriver à se décider entre un écossais et une satinette à fleurs vives. Elle prenait tour à tour chacun des tissus entre le pouce et l'index pour en éprouver l'épaisseur, la texture, la solidité, penchait la tête à droite et à gauche, cherchait le chatoiement des couleurs. D'autres filles, devant elle, avaient des mères pour conseiller, parler raison. Celle-ci, apparemment, devait décider seule. Elle était grande et mince, mais on la sentait solide et les mains crevassées étaient celles d'une travailleuse de la terre.

Alcide se redressa, s'assura qu'il était aussi grand qu'elle et, inconsciemment, resserra le nœud de son foulard. La fille leva sur lui des yeux pailletés d'or. Des yeux absents qui ne le voyaient pas, tout occupée qu'elle était à s'imaginer en toilette écossaise et en robe fleurie, tenue de toute façon qui allait devoir faire tant et tant de saisons qu'il valait mieux sagement y réfléchir avant de se décider… Et c'est lui qui, presque sans l'avoir voulu, désigna le tissu fleuri, parce que, soudain, il l'avait imaginée vêtue ainsi.

Elle le regarda et rougit :

« Vous croyez ?

— Ben oui, fit seulement Alcide.

— Bon, allez, hop, marchand, coupez. »

Le grand valet tendit son « mot d'écrit » à une femme revêche qui jeta devant lui deux piécées de flanelle rouge de qualités différentes. Voyant son embarras, la fille se mit à rire. Le rire lui allait bien, qui creusait en fossettes les brugnons de ses joues et atténuait la gravité un peu sévère du visage. Elle questionna :

« C'est votre mère qui est malade ? »

Alcide expliqua son grade de premier valet à la Gueurletterie et les rhumatismes de la patronne. Normalement, c'était le patron qui aurait dû être là, mais il était à vendre une grouée de petits gorets et à choisir une servante.

Jamais Alcide le solitaire n'avait parlé ainsi. On les poussait, on les bousculait, on les priait d'aller parler plus loin, mais ils s'en moquaient bien. Ce fut elle, enfin, qui fit couper la flanelle, puis, appuyés au mur de soutènement des halles, ils reprirent leur conversation.

Elle lui dit s'appeler Vincente, être orpheline et juste majeure. Elle quittait sans regret des maîtres durs et grigous et cherchait une place. Très excité, il lui dit connaître de bons patrons qui n'attendaient qu'elle.

Quand Anselme revint, le portefeuille gonflant la blouse bleue à l'endroit du cœur, il était un peu éméché et fut ravi que le va-devant ait trouvé tissu et servante tout seul. Il fut décidé que Vincente viendrait se présenter le dimanche suivant à la Gueurletterie. Elle ferait le voyage à pied — deux petites lieues — et Alcide la retournerait avec la Pomponne pour qu'elle finisse son temps chez ses grigous.

Toute une année, ils furent heureux dans le travail partagé. Heureux comme jamais, pauvres mesquins, ils n'avaient osé rêver de l'être.

Patronne-Irma avait enfin trouvé une servante selon son cœur, vive à l'ouvrage et aussi adroite à la maison et à l'étable qu'à la cuisine. La vieille femme voyait bien les manœuvres du valet pour se rapprocher de la servante, mais ce n'était pas pour lui déplaire. Prévoyante, elle se disait qu'Anselme et elle se faisaient vieux, qu'il serait bon de pouvoir s'appuyer sur un couple honnête et dévoué. Elle favorisait ouvertement leur entente.

Pour Vincente, chaque jour de cette époque bénie était jour de fête, mais le vrai bonheur venait le dimanche quand, vaisselle rangée et jusqu'à l'heure de la traite, elle profitait des quelques heures de liberté octroyées au repos dominical. Selon la saison, elle s'asseyait alors sur le seuil de la porte ou bien devant l'âtre, à côté de la patronne, tout comme la propre fille de la maison. Alcide, endimanché d'une blouse de lustrine bleue, s'approchait, emprunté, une tige de paille à la bouche pour se donner une contenance. La patronne l'invitait :

« Allons, vins donc t'assire avec nous, pisque t'as l' bon goût de point aller beurvocher ! »

Le Seigneur interdisant les œuvres serviles pendant ces rares instants de repos, Vincente faisait de la dentelle au crochet pour orner son trousseau ou bien lisait à haute voix les almanachs Bujault vendus par les colporteurs, qui s'empilaient, année après année, sur une étagère du vaisselier. Parfois aussi, la maîtresse demandait :

« Lis-nous donc 'core un p'tit de ton livre, ma fille. »

Et Vincente sortait d'un papier soyeux un livre ancien au cuir usé. Un cadeau du couvent, le dernier souvenir de sœur Louise : « La vie de Geneviève de Brabant ». Ils ne s'en lassaient jamais. Emerveillé de son savoir, Alcide la regardait, ébloui, et si, par inadvertance, leurs doigts s'effleuraient, le monde chavirait.

Vint le temps où cela ne leur suffit plus. Ce qui les garda d'eux-mêmes, bien plus que la vertu de Vincente, fut l'exemple de leurs parents. Mettre un champi au monde, recommencer sa propre histoire pour un nouvel innocent, Vincente n'en courrait pas le risque. Et pour Alcide, une mise en ménage sans argent, c'était recréer le taudis familial dont il ne gardait qu'amertume. Mais leur passion les torturait.

Et puis il y eut ce soir de fenaison, après une épuisante journée pour gagner de vitesse un orage qui couvait. Juste avant la brune et sous un ciel zébré d'éclairs, ils rentrèrent la dernière charretée, haute et lourde, pour ne rien laisser à l'insécurité de la nuit. L'innocente, le petit commis et Vincente bringuebalaient tout là-haut, assis dans le foin odorant, cramponnés à la corde qui tenait le chargement. Le grand portail franchi, ils sautèrent en riant dans les bras tendus d'Alcide qui les déposait à terre. Vint le tour de la servante qui sauta aussi. Mais il n'y eut pas de rire entre ces deux-là.

« Vois-tu, mon drôle », devait confier Vincente bien plus tard à son fils, « on s'aimait tant, on s'aimait tant qu'on est restés comme ça, tout pâles, soudés dans les bras l'un de l'autre comme si on allait mourir... Puis ton père m'a embrassée, on n'en finissait plus et on n'avait même pas honte de leur montrer à tous. »

Après le souper, qui fut silencieux à cause de la fatigue, de l'orage et de ce qu'on venait de découvrir, les autres partis, patronne-Irma commanda :

« Reste, Alcide, on veut vous parler, à Vincente et à toi... On a pensé que le mieux pour vous deux, ce serait de vous marier après les gros ouvrages, un peu avant la Saint-Michel. On vous gardera en ménage. On vous logera dans la chambre de compagnie, qui ne sert pour ainsi dire jamais. »

Ainsi fut fait. Il n'y eut pas de violoneux, mais le maître offrit sous le hangar un banquet de gorounailles[1]. Alcide et Vincente tenaient leur bonheur, et ne l'auraient changé pour aucun autre au monde.

Eux qui n'avaient eu jusqu'alors que les paillasses de galetas ou d'étable, ils eurent droit à la belle chambre, la chambre cirée où nul ne pénétrait que déchaussé et presque religieusement. Ils eurent l'usage des meubles luisants, d'un lit bateau sous des courtines grenat et d'une horloge qui marquait toujours des heures trop courtes. Et au soir, ils s'aimaient comme ils pourraient à présent s'aimer tous les soirs de leur vie, et sans rien à craindre puisque le maire, le curé et tout le village leur en avaient donné permission.

En cadeau de noces, la servante avait reçu des maîtres un vieux cabinet de merisier roux relégué depuis longtemps sous une remise. Dimanche après dimanche, dans les heures libres de l'après-midi, les amoureux fignolèrent leur premier bien. A cheval sur le banc marot, Alcide taillait planchettes et chevilles pour le réparer. Vincente, avant de le faire briller à la cire d'abeilles et au fer chaud, le lavait au vinaigre pour en rougir les veines. Puis elle coupait en festons du papier d'emballage offert par l'épicière, pour en garnir les étagères. Quand elle y eut rangé leurs maigres richesses, trousseaux et babioles criardes gagnées aux loteries, elle mit dans le tiroir du milieu leur pauvre bourse et « La vie de

1. Gorounailles : cuisine à base de porc.

Geneviève de Brabant ». Elle ferma la porte et glissa la clef dans la poche de son tablier. Alors, alors seulement, elle se sentit comblée comme une femme riche.

Vingt fois par jour, ils avaient envie de revoir ce cabinet, et devaient se contenter d'y penser. Et chaque soir, ils éprouvaient la même joie chaude et rassurante en le retrouvant, gardien de leur trésor, symbole de leur installation, témoin de leur bonheur.

Elle passa vite, cette année à la Gueurletterie, avec cet amour en eux comme un soleil et le chaud parrainage des patrons. Ils ne virent pas les saisons passer, et pourtant, plus tard, quand Vincente y songerait, cela lui paraîtrait avoir duré une vie entière, et elle en garderait le souvenir pour tout le temps qui lui resterait à vivre :

« Un bonheur pareil, mon drôle, dirait-elle à son fils, si on était raisonnable, on saurait bien que ça ne peut pas durer... Mais vois-tu, Charlou, on ne songe à rien, on profite, on profite... »

Ils travaillaient tous avec un tel entrain que personne ne se rendait compte combien patron-Anselme changeait. C'était un homme large et épais, heureux de sa force. Malgré son âge, c'est toujours lui par exemple qui préparait les charretées de blé pour le moulin ; il attrapait à deux mains les grosses pochées de cent soixante livres, pliait les jarrets et hop ! d'un coup de reins basculait la charge sur son épaule. Les premiers pas, il titubait un peu, mais retrouvait vite son aplomb pour marcher jusqu'à l'attelage et déverser le grain. Si quelqu'un le regardait, il clignait de l'œil :

« L'est 'core solide, le vieux ! »

A table, il forçait sur la viande et le vin :

« C'est point gourmandise, expliquait-il, mais faut m' remonter ! »

Ç'avait toujours été un gros mangeur, et on ne s'étonnait pas trop. Et puis, un jour qu'il portait le blé, les genoux cédèrent sous le poids du sac. Encore à terre, il regarda si on l'avait vu, et Alcide n'eut pas le temps de se détourner :

« Y m' sé pris les pieds, dit le patron, y m' sé pris les pieds... »

C'est triste, un homme qui n'a plus sa force, et Alcide n'osa pas proposer au patron de prendre sa place. Anselme d'ailleurs finit la journée à son poste. Le soir, il mangea plus encore que d'habitude. Il mâchait lentement, on voyait bien qu'il s'obligeait. Le lendemain, c'est lui qui demanda à Alcide de porter les pochées de blé et il resta assis sous le hangar, les mains abandonnées, le souffle court, avec l'air d'écouter quelque chose en lui.

Et le soir, après souper, en se levant de table, l'équilibre lui a manqué, il a tendu la main pour prendre appui dans le vide et on l'a vu tomber tout d'une masse. Ils se sont mis à trois, Alcide, le vieux commis et le valet, pour le porter sur son lit, tandis que Vincente allait chercher la Gauteroune, une voisine qui s'y connaissait un peu. Le visage du patron était tout tiré d'un côté, un œil à demi clos et la bouche de travers. La Gauteroune s'est signée :

« Mes paur' mondes, olé-t-un coup d' sang... Le va paralyser, faudrait dos sangsues. »

Alcide, de son côté, avait déjà attelé la Pomponne au tilbury pour aller quérir le médecin. Vincente a raflé un verre sur la table pas dégarnie, a allumé la lampe tempête et entraîné l'innocente qui reniflait sa morve en geignant ; toute demeurée qu'elle était, celle-ci avait déjà compris, et les deux femmes dévalèrent jusqu'à la rivière.

Le temps de relever leurs cotillons, de poser leurs chausses et leurs sabots sur la berge, et elles étaient dans l'eau noire jusqu'à mi-cuisse. L'innocente tenait la lanterne au ras de l'eau. Le courant déjà froid de septembre les bousculait et les grandes herbes de la rivière s'enroulaient autour de leurs jambes : toutes les malveillances de la nuit étaient au rendez-vous...

Les sangsues, on les trouvait en amont du pont, en dehors des eaux savonneuses, collées aux pierres lisses. Les lavandières recommandaient aux petits chercheurs d'écrevisses :

« Méfiez-vous de thiès bêtes qui suppont le sang dos chrétiens ! »

Vincente en avait déjà arraché une dizaine des pierres plates où elles collaient leur petite goule en ventouse quand tout lui a chaviré : le pònt, le lavoir, les berges, la drôlesse et sa lanterne. Vincente n'eut que le temps de passer le verre à sa compagne et de se cramponner au gros pilier du pont. Elle se mit à vomir, vomir. A pleurer aussi, parce que très vite, là, dans la peur, le chagrin et le dégoût, elle venait de comprendre qu'elle allait avoir un petit... Elle s'en méfiait un peu depuis quelques jours, et c'était un moment qu'Alcide et elle attendaient avec impatience, et même patronne-Irma qui, depuis les noces, mettait de côté à chaque lessive les draps usagés pour faire des langes... Vincente aurait tant voulu annoncer la nouvelle dans la joie et l'orgueil... Et elle pleurait, pleurait, les jambes nues dans l'eau froide et noire, secouée par les haut-le-cœur, misérable.

Le médecin était déjà là quand elles remontèrent de la rivière. Il avait fait une saignée au patron et tapotait d'un air résigné les mains jointes de patronne-Irma. Il tira de sa sacoche des cachets et des poudres, mais on savait bien à quoi s'en tenir.

Lui parti, la Gauteroune embaucha Vincente. C'est qu'elles avaient, les femmes, à livrer leur bataille à elles : elles posèrent les sangsues derrière les oreilles du malade et un peu au-dessous, à la base du cou, pour tirer le mauvais sang. Quand les bestioles devenaient rondes et luisantes comme des petits boudins, il fallait les détacher, les mettre dans une cuvette à demi remplie de cendres de bois, où elles crachaient un sang épais et noir. Quand elles étaient ainsi purgées, il fallait les laver et les remettre dans un bocal, où elles attendaient de resservir.

Vincente recommença à vomir. Alcide la regarda, inquiet :

« Quoi qu'y t'arrive ? »

Elle haussa les épaules :

« L' souper, d' hasard, qui n'aura pas passé... Ou ces bêtes-là... »

Mais la Gauteroune avait compris de quoi il retournait. Et elle aussi pensait que ce n'était pas sous d'heureux présages que s'annonçait le petit.

Sur le matin, les femmes levèrent les dernières sangsues, mirent aux pieds du patron des sinapismes à la moutarde. La Gauteroune renvoya Vincente :

« Va essayer de dormir, je suffirai à présent. »

Pour la première fois, la jeune femme ne leva pas la flamme de la lampe pigeon devant le cabinet de merisier pour en regarder les reflets roux. Elle se glissa contre Alcide qui dormait déjà. C'est heureux, les hommes. Elle ne l'éveilla pas : elle ne pouvait pas lui dire à présent, dans ce goût de malheur, la chose qui aurait dû leur faire une si grande joie.

Dans l'aube qui grisaillait déjà à la fenêtre, elle resta seule avec son petit à venir, à lui parler, à lui dire qu'il ne fallait pas craindre, parce qu'elle saurait bien, quoi qu'il y ait de mauvais alentour, lui faire la vie belle.

6.

Le temps du malheur

Cela faisait peut-être une semaine que Servane était morte. Entre Zépha et Charles, la vie peu à peu s'organisait. A peine encore s'ils se parlaient, mais ils commençaient à s'habituer l'un à l'autre, à s'apprivoiser.

Le vieil homme était toujours aussi absorbé en lui-même, à raviver les braises de sa mémoire. Il se revoyait, tout enfant, assis sur la pierre de l'âtre, occupé à charpir la laine, à trier les haricots, à éplucher les fèves séchées, tandis que sa mère parlait, à la fois pour conter et pour ne pas s'endormir : il y avait de l'ouvrage à livrer le lendemain. C'est ainsi que Charles avait appris comment ses parents s'étaient connus et ce qui s'était passé à la Gueurletterie quand le patron était tombé malade. L'histoire, il l'avait entendue plus d'une fois.

« Paralysé, disait Vincente, à demi inconscient, patron-Anselme mit encore onze mois à mourir tout à fait.

« Les petits-neveux étaient arrivés dès le début, un homme déplaisant qui se prenait pour Dieu le

Père et une grincheuse jaune comme un coing qui surveillait les moindres gestes des servantes comme si elles risquaient d'emporter dans leurs dornes ses boisselées de terre. De voir Alcide et Vincente logés dans la belle chambre la mettait en charivari : " Vous êtes devenus fous, l'oncle et la tante ! Des valets ! Des sans-famille !... Une servante dans nos meubles et grosse en plus ! "

« Patronne-Irma imposa sa décision, mais tomba dans une sorte d'abattement, au point qu'on se demanda si elle ne s'en irait pas avant le patron. Et comme, de plus, il fallait se lever trois ou quatre fois la nuit, la garce n'a pas insisté.

« C'étaient les neveux d'Anselme, et tout le bien venait de son côté à lui. S'il avait eu un peu de lucidité, il aurait flanqué ce beau monde à la porte, mais il n'était plus qu'un corps sans âme et sans idée.

« Tu as tout de même vu le jour dans la belle chambre, mon Charlou, bien venu et ressemblant à ton père comme une goutte d'eau ressemble à une goutte d'eau, mais je n'avais guère le temps de te cajoler comme j'aurais voulu le faire.

« C'est là-dessus qu'Anselme est mort. La Gauteroune et moi, on n'avait pas encore terminé la toilette que l'héritière a commencé sa comédie en remettant dans l'armoire le drap de toile fine qu'on avait sorti pour ensuairer le patron. A la place, elle en a sorti un tout usé, à peine bon à torchon. On avait honte pour elle. " Du balai, la valetaille ! elle disait, du balai ! Va falloir changer de manières ou faire place nette ! "

« Pendant ce temps-là, le neveu était allé chercher le notaire pour faire signer des papiers à patronne-Irma. La peur de perdre un bout de l'héritage... La pauvre femme, effondrée dans son fauteuil, signa tout ce qu'on voulut sans seulement entendre ce qu'on lui lisait. C'est seulement après qu'elle a paru comprendre, qu'elle s'est mise à pleurer et à gémir. Elle nous faisait voir du menton : " C'est à ceux-là qu'Anselme avait idée de tout laisser... "

« Le notaire était bien ennuyé. C'était un jeunet, tout nouveau dans le métier, l'unique garçon du vieux Simon L'Aurant. La famille avait jadis été fort considérée dans le pays, mais le bien avait fondu. Quand le fils avait eu assez étudié, le père avait réuni les restes du bien familial pour lui acheter l'étude du bourg. Il venait d'épouser une petite cousine, douce et jolie, mais guère plus fortunée que lui. Elle était d'une famille qui ne s'était jamais remise des révolutions et vivotait de maigres rentes, dans l'honneur, comme on disait.

« Le jeune notaire paraissait distingué, avec un air gentil, un peu triste, et bien trop confiant dans l'honnêteté du monde pour faire fortune. Il était là, à écouter Irma, l'air encore plus malheureux qu'elle ; on sentait bien que les héritiers le dégoûtaient, mais la loi était pour eux.

« On avait posé un linge blanc sur le visage du mort ; Gauteroune et moi, on disait le chapelet à voix basse, mais en même temps, on écoutait. Tout d'un coup, le notaire s'est décidé et il a appelé Alcide : " J'ai besoin d'honnêtes métayers pour les terres de Chantosias ; voulez-vous venir chez nous ? "

« Si nous le voulions, ô Jésus ! Métayers, nous autres, et chez du bon monde comme ça ! »

« Le métayage se faisait à moitié fruits. Les maîtres fournissaient les terres, la maison, le matériel de culture et les animaux qu'ils devaient retrouver à la sortie du bail. Nous, nous fournissions le travail et nous partagions toutes les ventes et les récoltes quand les semences pour l'année d'après avaient été prévelées.

« Le ménage qui était à Chantosias passait pour guère vaillant. Un oncle à eux offrait de les prendre comme domestiques et ils préféraient le gain fixe au risque des récoltes et de l'élevage. Ils avaient demandé à résilier leur bail en cours ; ce fut vite fait, crois-moi.

« Le patron enterré, une charrette de Chantosias vint prendre notre cabinet. Patronne-Irma avait fait marquer en écrit par le notaire que la couette et le châlit de notre chambre nous appartenaient. Elle voulait donner davantage, mais l'héritière veillait, et si mauvaise qu'Alcide avait dit : " Gardez, gardez, patronne, j'ai mes deux bras pour faire une table et des bancs ! " Et c'est seulement le soir, qu'en défaisant ton berceau, j'ai trouvé une vieille bourse en cuir, et, enroulées dans du papier journal, trois pièces d'or avec la figure d'un roi de France. Trois louis, tu te rends compte ; la pauvre patronne nous avait laissé plus qu'on n'avait jamais vu. Ça allait drôlement nous aider à nous installer.

« Chantosias portait bien son nom [1] : à croire que tout le monde emplumé créé par le Seigneur s'y était donné rendez-vous. C'étaient des terres ingrates, et d'une culture malaisée, en groie et en coteaux, mais c'était joli comme tout ; et surtout, au-delà de la maison, nous avions trente boisselées de prés bas. Ça, c'est la bénédiction des femmes : l'élevage ne demande que surveillance, pas de bras comme les labours et les récoltes.

1. Chantosias : Chantoiseau.

« On s'y est mis de tout notre cœur, et ça marchait, je t'assure. Les maîtres étaient contents. Ils venaient souvent nous voir. Le notaire menait un petit attelage, la jeune dame était assise à côté avec leur aînée, qui s'annonçait jolie comme la mère. Je préparais vite un pot de gratons et une tasse de lait ; ils n'étaient pas fiers, ils en profitaient bien.

« Les bruits de guerre auraient, paraît-il, commencé à courir depuis longtemps que nous, bounegens, perdus dans les ouvrages, nous n'en savions rien. On était en pleine métive dans le champ-Boutet, notre plus belle pièce, quand le tocsin a sonné. Il faisait lourd, je t'avais installé à dormir à l'ombre d'une palisse et je surveillais, inquiète à cause des taons qui étaient comme enragés. On n'avait point entendu d'appel au feu. On a tout planté là, pour sûr. On sentait que le malheur arrivait.

« Il faut dire que, ces premiers jours de départ, si les femmes devenaient comme folles, presque tous les gars crânaient. C'était cocardier et glorieux en diable. Ils allaient juste aller botter le cul au Guillaume histoire de lui faire payer la vieille défaite et ils reviendraient dare-dare, à temps pour les semailles. Un aller et retour comme une partie de chasse.

« Et puis, au froid de l'hiver, les garçons de chez nous ont commencé à mourir. Le fils Perrot, Gabriel Barré. Le curé a dit leurs noms aux prières de la messe, alors tout a changé. La chasse serait dure et ça ne serait pas celle aux perdrix, mais bien à la bête noire acculée.

« Alcide était réformé définitivement à cause de sa gorge. On a commencé à nous regarder de travers ; devant nous autres, il était toujours question de tel ou tel chanceux qu'on appelait " embusqué ". Moi, je savais qu'Alcide en souffrait, mais il n'en parlait jamais. Pour moi, Dieu me pardonne, on pouvait m'abaisser, me jalouser, ça m'était bien égal. Mon homme était là, et rien d'autre n'avait poids et valeur. Je comprenais même la méchanceté des femmes.

« La plupart de ceux qui revenaient en permission de là-bas ne parlaient guère, comme s'ils craignaient de réveiller quelque chose qu'ils voulaient oublier. D'autres, au contraire, n'arrêtaient pas de conter des boucheries impensables, et ce n'étaient peut-être pas ceux-là qui avaient le plus souffert.

« Alcide disait : " J'ai d' la chance, m' faut travailler double. " Le maître avait été mobilisé le premier jour. Au printemps, on sut qu'il était évacué dans un hôpital de l'arrière. Le vieux Simon L'Aurant et la petite bru y partirent en larmes. Il revint longtemps après eux, réformé pour toujours, et reprit sa place à l'étude. Un vieux clerc l'avait remplacé comme il pouvait. Un peu plus triste qu'autrefois, un peu plus distrait encore, boitant bas et respirant mal, à cause d'un éclat d'obus dans la poitrine.

« Il ne s'intéressait même plus à la métairie. Alcide faisait au mieux de son expérience pour les emblavements, les réquisitions et les ventes, et moi, j'écrivais les comptes comme je pouvais. Quand on lui donnait les sous, il les ramassait sans seulement vérifier. " Ça va, ça va, Brunet, j'ai confiance... "

« Pourtant, ils n'avaient pas l'air de rouler sur l'or, mais je te l'ai dit, mon gars, il n'était pas taillé pour faire un notaire...

« Et puis... Et puis faut croire que le bon, on en avait déjà eu plus que notre part... que le temps du malheur était venu... Alcide s'est mis dans l'idée d'acheter un cheval que l'armée avait refusé, une belle bête pourtant, ça aurait dû nous mettre en garde. Surtout que le maquignon avait dit : “ L'a dû être malmené. Il n'aime point les hommes, mais il n'a rien contre les femmes, et si ta femme veut s'en occuper, elle en fera ce qu'elle voudra. — Chez nous, avait répondu Alcide, la femme fait la soupe à la maison. A l'écurie, j'étrille moi-même. ”

« Il aimait les chevaux, Alcide, et c'est vrai qu'il n'aurait jamais pu acheter une bête pareille si elle n'avait pas été vicieuse. “ Tout doux, mon Cadet, tout doux, il disait... M'oblige pas à porter cotillon pour te panser... Je t'apprendrai à être heureux, va... Tout doux, tout doux, mon Cadet... ”

« Avec moi, en tout cas, le cheval était toujours docile. Je l'attelais à la charrette, mais j'en avais crainte... Sa folie, on la voyait venir à la façon qu'il avait de remonter la lèvre ou à la lueur rouge qui s'allumait dans ses yeux... Pourtant, on aurait dit qu'il se calmait, il cherchait moins à mordre ou à ruer, à se dresser sur les postérieures pour défier le monde...

« Un jour, je venais de traire, j'étais au fond de l'étable à passer le lait au travers d'un linge blanc. Je savais qu'Alcide était à l'écurie. Tout à coup, j'ai entendu Cadet qui hennissait. C'est quelque chose qu'on ne peut pas imaginer si on ne l'a pas entendu, ça venait des hordes sauvages d'avant notre monde... Ou encore du cheval Malet qu'on dit possédé du démon... J'en avais les sangs glacés. D'abord j'ai cru ne plus pouvoir bouger, et puis, comme une folle, je me suis précipitée.

« Alcide était contre le mur d'attache de l'écurie, écrasé par le poitrail de Cadet... Avant, la bête avait dû le frapper, le sang lui coulait déjà au coin des lèvres.

« J'ai fait reculer le cheval. Je n'ai même pas pensé à avoir peur, et ton père est tombé comme une poupée de chiffon. Je l'ai tiré sur la paille et j'ai fermé la porte sur Cadet.

« Alcide n'était pas encore mort. Il a dit : “ Tout doux, tout doux, Cadet. ” Et puis sa tête est retombée sur l'épaule. C'était fini.

« Après ? Les bêtes réclamaient. Et toi aussi, mon enfant du temps de la joie, tu avais faim. Il a bien fallu qu'il y ait un après. Le maître est venu. Il a été bien bon ; mais il a tout de même dit que fallait s'en aller vivre ailleurs. Il nous a offert le logement ici et a dit que, sérieuse comme on me connaissait, je trouverais vite du travail, à la journée ou au lavoir. Il manquait tant de bras.

« On a encore une fois chargé le cabinet, nos deux châlits et une brassée de linge sur la carriole du métayer qui allait nous remplacer. Mais, cette fois, c'était lui qui conduisait. Alcide ne remettrait plus jamais son mouchoir de cou en place avant de sauter en voltige dans le porte-feignant. Ah ! Alcide, mon Alcide !

« On s'est mis à vivoter, toi et moi. Ça ne s'appelle pas vivre, cette litanie de jours, sans attente et sans espérance. Travaux dans les champs, journées de lavoir, veillées de ravaudages. Ça semblerait si facile si l'autre était là… Peut-être que sans toi, je me serais détruite, ou bien je serais partie mendier mon pain sur les routes sans plus vouloir garder de souvenirs, comme l'innocente de la Gueurletterie après la mort de patronne-Irma… Mais il y avait toi… Tout ce qui me restait d'Alcide.

« La grippe espagnole est arrivée sans prévenir. Un permissionnaire nous l'a ramenée de là-bas. Il s'est mis au lit en arrivant, on l'a enterré cinq jours après, puis sa mère, son père, sa sœur. Alors, ils ont tous eu peur. Pas moi. Le colporteur Basile m'avait expliqué comment te faire un collier en enfilant des gousses d'ail et des pierres de camphre, et je te donnais à boire chaque matin un peu d'eau-de-vie très forte.

« Leurs morts, ils n'osaient pas y toucher. C'est moi qui allais les ensuairer. Je ne craignais pas : j'avais déjà payé rançon au malheur. C'est comme ça que je suis remontée dans l'estime des gens qui avaient traité ton père d'embusqué et qu'on a commencé à me donner un peu de travail.

« Quand la tuerie s'est terminée, cette guerre-là, on l'appelait la Grande, on a élevé un monument et on a gravé dessus les noms des disparus. Les mères et les veuves passaient devant en tirant mouchoirs et chapelets. Elles ont eu une pension. Ça ne remplace pas, mais tout de même, en ravaudant leurs chausses, je me disais que ça devait aider. Nous deux, mon drôle, personne ne se souvenait plus qu'on avait aussi un mort. »

7.

Un registre bleu

Une fin d'après-midi, rentrant du cimetière, Charles Brunet alla prendre dans son bureau le registre bleu à dos toilé et monta s'installer dans la chambre, à la petite table entre les deux fenêtres. Le moment était venu.

Il ouvrit le registre, laissa blanche la première page, se recueillit un moment puis, sans plus hésiter, se pencha sur le papier : « Orphelin de père, commença-t-il, menant avec ma seule mère une vie misérable, je fus un enfant heureux. »

8.

Le registre bleu : premier du canton

Orphelin de père, menant avec ma seule mère une vie misérable, je fus un enfant heureux.

Ma mère faisait des journées dans les fermes ou au lavoir, et le soir elle devenait à la maison fileuse, tricoteuse, ravaudeuse. Je me revois, pour mes cinq ou six ans, occupé à l'aider. Mes doigts savaient déjà entrelacer les tiges flexibles du troène et du chèvrefeuille pour faire les corbeilles légères — des gueurnottes, disions-nous — dont les femmes d'ici se servaient pour décorer tables et buffets en les garnissant des fruits de saison. Moyennant quoi, nous serions payés d'un morceau de lard, d'un pot de saindoux ou de grain pour nos poules.

Nous avalions très vite l'assiettée de soupe épaisse ; installés devant l'âtre, nous finissions le repas en travaillant. Ma mère tirait des cendres chaudes quelques petites pommes de terre ou quelques châtaignes ; nous soufflions dessus et nos doigts engourdis se délassaient à leur bonne chaleur ; nous mordions avec délices dans les chairs brûlantes.

C'étaient les dernières années des belles toiles familiales. Les tisserands se faisaient rares, l'artisanat touchait à sa fin, même dans nos campagnes reculées où foires et marchés étaient envahis par les tissus manufacturés. Les ménagères se hâtaient d'utiliser chanvre et lin mis en réserve dans les greniers pour les trousseaux des jeunes générations. Elles savaient bien, les mères et les grand-mères, que les trousseaux « d'achetis » seraient usés avant les leurs. Et on ne laissait pas chômer le rouet de ma mère.

Le chanvre est une matière rebelle. Nos anciens prétendaient que rien ne remplace la salive féminine pour en dompter les fibres. Certaines délicates accrochaient à portée de la main un gobelet d'eau tiède pour se mouiller les doigts et en lisser le fil, mais outre qu'il était moins souple et moins brillant, les vraies fileuses disaient que leur travail avançait plus lentement. Hop, un coup de langue sur le pouce et l'index, et il y avait juste l'humidité requise, ni trop, ni pas assez. Seulement, à ce jeu-là, la bouche et le palais se desséchaient vite, surtout que filer n'a pas été inventé, Dieu merci, pour empêcher les femmes de causer. Il était donc d'usage, pour augmenter la sécrétion salivaire, de suçoter quelques noyaux de prunes séchées au four. Vers la fin de la veillée, j'avais droit aussi à « une prune melée » :

« Mais n'en prends qu'une, Charlou, pour pas te relâcher le grou boyau ! »

Ma mère contait bien. Elle avait de la verve et une solide sagesse. Grâce à elle, j'ai suivi mon père dans sa vie quotidienne comme une ombre fidèle. Elle s'arrêtait parfois pour essuyer d'un revers de main une larme qui, partant de la paupière, se faufilait pour arriver à la pointe du nez ; mais c'était rare, elle n'était pas geignarde. Par contre, elle avait une façon à elle de camper les personnages et de les faire vivre devant moi qui me donnait l'impression de les voir agir, comme on aurait montré un film aujourd'hui.

« Que veux-tu que je te conte de moi qui ne sais rien de mes tenants, ni de l'aboutissement de ce que sera cette vie qui m'a été donnée à regret ! Peut-être ma mère était-elle une fille d'auberge à rouliers ? Ou alors, qui sait, une fille de maison conséquente qui ne pouvait pas avouer son déshonneur ? »

Et peut-être, après tout, n'était-elle pas d'extraction paysanne, elle qui, jusqu'au bout, dans des défroques de pauvresse, garda une allure de grande dame. Elle était solide, mais souple, avec un visage régulier et de beaux yeux sombres pleins de feu. Son teint était fané par le travail au grand air et les privations. Autour des yeux, aux coins de la bouche, la peau fragile se fripait en une multitude de petites meurtrissures. J'essayais parfois, aux rares moments où elle prenait le temps d'être une mère caressante, d'effacer ces marques sous mes petits doigts :

« Laisse, va, mon petit drôle, disait-elle, laisse. Qui voit ses rides, tout comme ses veines, voit ses peines, et moi, c'est des choses qu'il me faudrait être morte pour ne plus les voir. »

Cet écolier trop sage en blouse de satinette noire serrée à la taille par un vieux ceinturon de l'armée, t'en souvient-il, maman ?

Cet enfant que je fus, je l'avais égaré. Et voilà qu'il revient au soir de ma vie. Il surgit du passé comme un autre moi-même, ou le frère amical que je n'ai jamais eu. Il me faut l'interroger. Ne serait-ce pas que l'enfance, après tout, tiendrait sans que nous le sachions les clefs de l'avenir ?

Tu te levais avant le jour — sauf en plein été où les nuits sont trop courtes. Sans doute est-ce parce que j'aimais te voir vivre et agir dès le petit matin que mon sommeil alors devenait si léger. Au premier crissement des spathes de maïs dans la paillasse, j'entrouvrais les paupières. Blotti au creux de ma couette, je savourais sans bouger la journée à venir.

Tu commençais à t'habiller dans le noir, par une décence apprise au couvent, j'imagine, puis tu allumais la bougie de suif posée en permanence près de ton lit, sur un de ces guéridons de joncs tressés que l'on achetait pour quelques sous aux bohémiennes de passage.

En cotillon sombre à gros plis et chemise de toile serrée dans le noir corselet lacé des paysannes, tu t'activais à ranimer les braises enfouies sous les cendres. La flamme montait vite, pétillante, sous les brindilles sèches ; tu mettais chauffer notre écuellée de soupe et achevais ta toilette devant le bac de pierre. J'aimais quand tu partageais tes cheveux sombres d'un peigne sûr. C'était la fameuse « grève » des femmes poitevines, cette raie obligatoire des porteuses de coiffe, bien lissée d'un filet d'eau pris au creux de la main. Nulle boucle ne devait s'échapper du velours noir et serré à quelques centimètres du front. Je te trouvais belle et tu n'appartenais qu'à moi.

Tu allumais la lanterne sourde et sortais traire Blanchette. Blanchette, chèvre cornue aux cabrioles imprévues, toujours prête à foncer tête baissée sur un quelconque obstacle, était notre principale richesse et la pourvoyeuse essentielle de notre nourriture. Je n'ai jamais retrouvé le goût de ces petits fromages saupoudrés d'une courte mousse bleue et secs à se casser... Tu rentrais, ramassais un rien de suie à la plaque de la cheminée, mouillais le chiffon d'un jet de salive et frottais vigoureusement mes galoches ferrées et tes sabots de travailleuse. Puis, minutieusement, tu vérifiais mon sac d'école, un pochon de grosse toile à matelas bien usagée que tu avais cousu toi-même de tes doigts blanchis et rongés de lessive... Tu enveloppais un quignon de pain creusé en nid et dans lequel tu glissais le fricot du jour. Tu y ajoutais une pomme rousse, une « clochard » du jardin, ou quelques châtaignes grillées, et alors approchait le moment le meilleur de la journée. Celui où la grande Vincente, tragiquement sévère, devenait, et pour moi seul, une jeune femme rieuse. A l'abri de tous les regards, sauf celui de son petit, elle s'accordait la douceur d'une pause.

Il s'agissait du jeu-incantation des enfants de chez nous au réveil. Il se joue à deux voix, l'une excessivement grave et rocailleuse, l'autre au contraire toute tremblante et flûtée. Tu t'approchais sans bruit sur tes chaussons et me chatouillais le menton :

« Lève-toi, petit goujat[1] !
— Quoi faire, mon maître ?
— Trrravaillâ... Trrravaillâ...
— Oh là, là, là, là, mon ventre, mon ventre... »

Un moment d'arrêt où je me tortillais en geignant. Certains matins, j'arrivais presque à me croire malade. La grosse voix insistait :

« Lève-toi, petit goujat !
— Quoi faire, mon maître ?
— Mangher de la soupe au lârd !

1. Goujat : valet.

— Tra la la, y allons nous levâ... »

La réponse claironnait en fanfare, les draps volaient au pied du lit, et je sautais sur la terre battue.

Tu retrouvais alors un ton normal :

« Vite, vite, Charlou, ne nous mettons pas en retard. »

En m'habillant, me lavant, déjeunant, je devais réciter mes leçons de la veille :

« Faut apprendre, insistais-tu, apprendre, apprendre autant que ta tête peut en loger... On va leur montrer à tous qu'un enfant de misère peut engranger autant qu'un enfant de riche. »

A un vieux colporteur qui passait régulièrement et nous échangeait quelque almanach contre une assiettée de soupe chaude, tu avais demandé un dictionnaire d'occasion. Il en apporta un, guère plus gros que le bréviaire du curé. Il y manquait bien quelques pages et la couverture, mais il en restait assez pour occuper nos loisirs. Aucun mot, aussi rébarbatif fût-il, n'eut plus de secrets pour nous deux.

Tu fermais la porte, posais la clef sur la pierre passante, à l'abri du gros chèvrefeuille, et te moquais de cette précaution : « Comme si on avait des choses à voler !... Enfin, ce qu'on a, c'est bien à nous et ça ne regarde personne. »

Main dans la main, nous partions d'un bon pas galoché jusqu'à la ferme des Boisselet où, quand tu ne travaillais pas pour des lessives à droite ou à gauche, tu étais tâcheronne agricole. On te disait capable de remplacer n'importe quel homme aux champs.

Nous nous quittions sans embrassade ni geste d'affection. Nul n'avait besoin de connaître notre mutuelle tendresse.

Libéré de cette contrainte que tu nous imposais de toujours être un exemple pour les plus fortunés, je devenais alors un galopin comme les autres. Deux kilomètres à faire dans la boue ou la poussière des chemins, à inventer des glissades vertigineuses sur les bas-côtés verglacés, à sauter à pieds joints dans les fondrières remplies d'eau, ou bien à explorer les palisses[1] printanières pour y découvrir les nids, les champignons, les fleurs... Il arrivait aussi que les galoches lourdement ferrées arrachent des étincelles aux silex de la route... Je devenais alors au choix le Jupiter tonnant de notre dictionnaire ou le Moïse environné d'éclairs du catéchisme en images.

Toujours en avance, j'attendais les autres au carrefour de la Grand-Croix et nous retrouvions l'immuable quotidien : vantardises, échange de trésors, jeux de toupie, de billes, de marelle... Où trouvais-tu l'argent et l'imagination pour que mes poches soient toujours garnies autant et souvent mieux que celles des autres ? Ton orgueil, aussi bien que ton amour, me voulait, même au jeu, le meilleur.

Il y avait eu, entre autres, ce cadeau de Noël. Tu apportais depuis un moment tous les brimborions de plomb que tu pouvais récupérer au cours de tes travaux, morceaux de tuyauterie et plombs de chasse, tout était bon. Tu déposais tes trouvailles dans une tasse ébréchée sur la tablette de la cheminée, à l'abri, pensais-tu, de mes curiosités.

La veille de Noël, quand tu me crus endormi, je te vis ramener toutes les braises sur le bord du foyer, verser le contenu de la tasse dans notre pelle

1. Palisse : haie.

à feu, la palette, disions-nous, que tu maintins, par sa longue tige, en équilibre, à cru, sur les charbons ardents. De l'autre main, avec un calendrier des Postes, tu activais l'incandescence d'un incessant va-et-vient. Tu m'avais lu l'histoire fantastique de Nicolas Flamel, savant moyenâgeux à la recherche de la pierre philosophale qui devait permettre la fabrication d'or à volonté. Notre pourvoyeur en littérature, le vieux colporteur, avait égaré la fin de l'histoire, si bien que nous pouvions rêver d'une victoire finale aussi bien que d'un échec ; mais il nous avait laissé une gravure où, devant un foyer qui ressemblait à la forge de notre forgeron local, un vieil homme à barbe appelé alchimiste activait son feu sous une éprouvette. Je crus sincèrement que, prêtresse de je ne sais quel culte scientifique, tu avais à ton tour trouvé la formule des secrets oubliés. De toi, rien ne me paraissait impossible, et pourquoi pas le don de changer le plomb en or ? Tu pris alors un couvercle de vieille boîte métallique, une simple boîte à graisse pour les cuirs, et y versas la mixture en fusion. Je m'endormis, assuré que demain, nous serions riches.

Au matin de Noël, il n'y avait pas d'or, mais, dans mon sabot, un merveilleux palet luisant, d'un gris moiré, qui avait juste le poli, la densité, le poids requis pour être lancé où l'œil visait pourvu qu'on ait un tant soit peu d'adresse. Et, gravé en creux dessus, afin que personne ne puisse le voler, trois lettres : CH. B. Aucun autre cadeau d'aucun autre Noël ne me fut plus cher.

C'était l'après-guerre. Les campagnes ne changeaient pas encore à la vitesse des villes, mais pourtant quelque chose d'une vie différente s'infiltrait dans l'air que nous respirions. Après trop de tragique, on avait besoin d'un mieux-vivre. On était comme grisé, et les vieux tabous s'usaient. Au bourg, les femmes raccourcissaient leurs jupes, coupaient leurs chevelures, et dansaient pour oublier les morts. Ça ne peut pas tenir longtemps sa place, un héros absent. Au village, nous restions plus timorés, mais l'ancienne façon de vivre se désagrégeait insensiblement en menus riens, en futilités. Les filles riches portaient chapeau et sac à main le dimanche, et le reste de la semaine se promenaient en cheveux sans que personne ne crie plus au scandale. La coiffe, les mouchoirs de cou et les tabliers de dentelle étaient relégués au fond des armoires. Les hommes n'entraient plus à l'église ; l'enfer, ils l'avaient vu. Du moins celui des humains. Celui du Très-Haut ne pouvait être pire.

L'argent, insidieusement, prenait beaucoup de place. On discutait encore en louis, en pistoles et en écus, mais c'est avec des portefeuilles bourrés de papiers craquants qu'on rentrait de la foire. Il y eut une auto au village. Une pétaradante de parvenus qui faisait se signer les vieilles femmes et affolait la volaille. On l'accusa même de faire avorter les chèvres. Le fils Bourreau, qui la conduisait, ne pouvait plus paraître que guêtré de cuir et vêtu de sa peau de loup, quelle que soit la température... Les chiens sur son passage hurlaient à la mort... On buvait du café au matin pour remplacer la soupe, on allait à la boucherie en semaine, la lampe matador éblouissait les veilleurs et les ménagères prétentieuses, délaissant les antiques cuveaux de pierre, s'offraient des lessiveuses en zinc...

Le café Deschamps eut son phonographe. Chaque dimanche, à l'heure des vêpres, son gros pavillon rose bonbon dirigé vers la place distillait des airs pour attirer la jeunesse et lui faire déserter l'office... Le curé alors ouvrait toute grande la porte de l'église et piquait une suée sur son harmonium, tandis que ses dernières fidèles chantaient le plus fort possible :

Dieu de clémence, ô Dieu vainqueur,
Sauve, sauve la Fran-an-ce
Au nom du Sacré-Cœur.

Mais la religion ne peut lutter contre le progrès, et à ce jeu-là, la Madelon l'emportait sur le Sacré-Cœur. On savait bien que le combat des vieilles coutumes était perdu d'avance. Alors, les anciens, rassemblés sur les seuils pour mettre en commun leur réprobation, se souvinrent soudain... Eh oui, c'était prédit ! Comment avait-on pu devenir aussi aveugle et sourd, sinon embobiné par Satan... Cette vieille femme, vieille comme Mathusalem, dont parlaient leurs pères, avait déjà vu tout cela. Elle se nommait Victoire, on disait Victouère, ou encore la Devineresse. Elle s'asseyait, disait-on, sous le tilleul près de l'église. Ses yeux morts ne distinguaient plus les choses d'ici-bas, mais son esprit voyait l'avenir et le malheur des temps. De son bâton noueux, elle traçait des signes dans la poussière du chemin et, la voix grave, elle prédisait :

« Oh ! mes paur' z'enfants, le monde va changher, le monde changhera... Vous verrez dos voitures qui marcheront sans chevaux et dos machines qui voleront dans les airs pour porter le malheur... Vous reconnaîtrez les signes... »

On l'avait dite folle. Pourtant, elle était déjà morte et ensuairée depuis douze heures que, la nuit tombante, trois garçons du village, des garçons sérieux, la virent marcher droite et d'un pas hardi qu'elle n'avait pas eu vivante, et en trois endroits différents. Chacun dit poliment, comme il se doit à une ancienne :

« Eh ! bonsoir, la Victouère ! »

Mais elle ne répondit à aucun et continua son chemin. Ça laisse à songer, des choses pareilles. Les vieux hochaient la tête, tremblotaient du menton, et sentaient bien que les enfants marchaient à la folie. Mais comment l'empêcher ?

Ah ! oui, le monde changeait.

Mais que nous importaient, à ma mère et à moi, les changements comparés au moment que nous allions vivre : j'allais passer le certificat d'études primaires, le diplôme destiné à départager les élèves instruits qui feraient l'élite, des pauvres nullités. J'allais avoir douze ans — c'était en 1922 — et j'étais bon élève.

Reçu, tous les espoirs d'ascension sociale m'étaient permis. Refusé, je réintégrais à jamais les limbes de mes anciens, tout en bas de l'échelle, journalier agricole jusqu'à la fin des temps.

L'événement se passait dans les locaux de l'école du chef-lieu de canton. Chaque élève devait s'y rendre par ses propres moyens. La mère de Paul Fabert, l'épicière, y menait son fils en charrette à âne. Le bourricot n'était plus jeune, on ne pouvait lui imposer deux voyageurs supplémentaires quand on se demandait déjà comment la pauvre bête arrivait à tirer son imposante conductrice. Louisette Meury et sa mère étaient conduites par le fils Bourreau et sa pétaradante. Nous étions trop petites gens, on ne nous fit point d'offre. L'instituteur, lui, y allait à bicyclette ; il s'était offert l'engin à sa démobilisation, et chaque enfant ébloui rêvait au jour où il posséderait lui-même son cheval de fer.

Ma mère parut soulagée d'avoir à se débrouiller seule. Elle garderait ainsi sa liberté de mouvement pour m'accompagner sans témoins jusqu'à la dernière seconde. Elle demanda donc aux Boisselet, chez qui elle faisait des ménages, de lui prêter leur bouraillou [1] et la mue-aux-gorets.

A pareille travailleuse qui ne demandait jamais autre chose que ce qu'on voulait bien lui donner, ils ne pouvaient rien refuser. La patronne fut catégorique :

« Ben sûr que non, qu'on ne te baillera pas la mue-aux-gorets ! Tu prendras la voiture-capote. En cas de mauvais temps, le petit et toi serez à l'abri. »

Mais la Boisselette eut soudain souvenir du drame passé :

« Ça va peut-être te peiner, au moins, de mener un chevau... Veux-tu qu'un des hommes vous conduise ? »

Ma mère déclina l'offre. Le vieux rouan était de tout repos et un pareil malheur ne pouvait revenir deux fois dans une vie.

Dieu du Ciel, que nous étions heureux et fiers dans la voiture-capote. Même si je manquais l'examen, je pensais qu'il me resterait à jamais le souvenir merveilleux de cette équipée.

Pendant sept kilomètres, les guides à la main, ma mère s'informa des départements, des règles de trois, des dates de l'histoire, des coalitions, et de qui se battait contre qui à Bouvines? à Crécy? à Austerlitz ? Elle me fit même réciter comme à un

1. Bouraillou : gros mulet du Poitou à grands poils bourrus et généralement crottés.

enfantelet la table de huit qui, toute la durée de sa courte scolarité, lui avait paru pleine d'embûches :

« Allez vite, mon canet, dis-moi 'core un coup, huit fois neuf, ça fait combien ? »

Je récitais, appliqué, le cœur battant la charge, m'efforçant de répondre vite et juste pour calmer son émoi à elle. Je sentais dans ma poche le poids familier de mon palet de plomb, et rien de mauvais ne pouvait m'arriver.

Nous nous arrêtâmes à l'auberge de la Boule d'Or, qui était tenue par un couple de chez nous, les Richard. Ils avaient connu patron-Anselme et patronne-Irma ; nous étions presque de la famille. On détela le rouan ; ma mère sortit de la voiture un picotin d'avoine, le panier du déjeuner et son pliant de bergère.

Madame Richard s'informa :

« Il est déjà en âge du certificat, ce pauvre orphelin ; comme le temps passe... Ça se voit bien, Vincente, qu'il est comme toi, il a une bonne tête pour apprendre... Tu lui donnes de l'instruction comme à un fils de famille !... T'as toujours été glorieuse, enfin c'est peut-être mieux pour le jour d'à présent... Vous revenez faire collation avec nous ? »

Ma mère déclina l'offre :

« J'ai du pain et du fromage là ; faut point lui charger l'estomac pour aller à l'oral. »

Dans le matin clair, elle installa son pliant à l'ombre des marronniers en fleurs, juste sous le vasistas ouvert de la salle de classe. Elle pourrait ainsi écouter le texte de la dictée et deviner si j'en déjouerais les pièges. Il n'y a que pour les problèmes qu'elle ne me suivait plus : les taux d'intérêt composés, les bassins qui se vident tandis qu'on les remplit, elle ne s'y était jamais faite.

Elle avoua plus tard avoir fait cliqueter les cinq broches de la chaussette destinée au père Boisselet sans trop savoir ce qu'elle faisait. De temps en temps, elle posait son tricot sur ses genoux et joignait les doigts : « Sœur Louise et mon Alcide, où que vous soyez, s'il vous plaît, aidez le petit... »

« Charles Brunet, reçu premier du canton, avec mention *très bien* et les félicitations du jury. »

« Eh ! bé, mon canet ! Eh ! bé, mon canet ! »

Elle avait beau s'y attendre, ma mère restait interloquée. Surtout quand l'inspecteur et l'instituteur la firent appeler. Elle roula sa brocherie dans la poche de son tablier et mit son pliant sous son bras, comme une bergère qu'elle était.

Ces messieurs la complimentèrent et lui dirent qu'il serait dommage que son fils s'arrête là :

« Un enfant pareillement doué se doit d'être poussé, madame. Aujourd'hui, grâce aux lois républicaines, vous pouvez obtenir une bourse et espérer pour lui une carrière brillante. »

Bien sûr qu'elle espérait, et pour nous deux, la grande Vincente Brunet, mais son espérance ne s'orientait pas tout à fait dans le sens conseillé par ces messieurs. Un peu grisée, mais toujours méfiante, elle se retrancha sous une apparente timidité. Elle assura avoir besoin de réfléchir. Elle n'avait surtout pas envie d'abandonner son Charles aux écoles lointaines ; quant aux bourses, non merci, elle savait bien que rien n'était jamais tout à fait gratuit. Elle n'aimait ni les dettes ni les mercis à dire. Son petit était à elle, du moins jusqu'à sa majorité. Surtout, elle gardait secrète une idée qui lui plaisait, un rêve un peu fou qu'elle échafaudait nuit après nuit... Si ça ne marchait pas, il serait bien temps d'aviser.

Nous revînmes triomphants. Il fallut trinquer avec les patrons de la Boule d'Or ; j'eus droit à un biscuit trempé dans un demi-verre de vin bouché. J'étais un homme.

Et le soir, la volaille soignée et Blanchette traite, maman tourna des crêpes et, tandis que je mangeais, elle veilla comme une dame qui n'a rien à faire, les deux mains au repos sur la toile cirée.

La semaine qui suivit le certificat, ma mère ne cessa de surveiller le cerisier :

« Veille aux étourneaux et aux merles, petit, prends ta fronde au besoin et accroche des vieux chiffons en épouvantails. »

Au contraire de la plupart de nos voisins qui se régalaient de salmis et « d'ozias routis », nous ne faisions la guerre à la gent ailée que forcés, pour sauvegarder nos récoltes. C'est que sœur Louise avait inculqué à la petite Vincente le respect de tout ce qui volait, avec une image d'un saint François couvert d'oiseaux.

Nous avions trois arbres dans notre minuscule jardin, si vieux que nous pensions toujours qu'ils en étaient à leur dernière récolte, et puis ils restaient, d'année en année, aussi prolifiques. Deux pommiers et un cerisier — un guignier, disions-nous — dont les fruits se gonflaient à maturité d'un suc épais et sucré. La foudre avait frappé l'arbre dans l'une de ses maîtresses branches. Le vent avait fait le reste, qui laissait au tronc une déchirure béante, prête à joindre le cœur, dénudant une chair fibreuse et teintée comme l'aurait été la chair d'un humain.

Mais le cerisier torturé portait toujours des fruits sur son côté indemne.

Enfin, un jour, ma mère décida :

« Prends l'échelle et choisis les plus belles guignes, c'est pour offrir. »

Elle hésita un peu, mais le moment était venu de confier ses projets ; elle me sourit, quêtant mon enthousiasme :

« Demain, on va aller, nous deux, parler à maître Simon L'Aurant. C'est un homme comme il faut et de bon conseil. »

Il me paraissait que le notaire ne devait pas conseiller tellement ; mais je gardais mes réflexions pour moi, je ne me méfiais de rien. Il nous avait toujours logés gratuitement depuis la mort du père. Une ou deux fois par an, il arrêtait son tilbury devant notre porte, entrait et s'informait :

« Comment cela va-t-il, madame Brunet ? Ma femme aimerait bien goûter à vos petits fromages... »

Il était toujours jeune, blond et triste, plutôt beau malgré sa boiterie. Parfois, il n'attendait même pas pour s'en repartir que ma mère revienne du cellier. Plus tard, nous trouvions sous la lampe pigeon quelques billets craquants tout neufs. Une somme que ma mère ne gagnait pas en un mois de travail. Et pourtant, on disait le notaire toujours au bord de la ruine. Inutile de le remercier ou seulement d'en parler, maître Simon L'Aurant n'écoutait pas et ignorait, semblait-il, de quoi vous lui parliez.

Nous allâmes à pied, habillés en dimanche. Ma mère portait les guignes dans un petit panier tressé couvert d'un linge blanc. En entrant au bourg, nous essuyâmes de nos souliers la poussière des sept kilomètres du chemin.

La grande maison carrée, juste au cœur de la

place, s'ornait au-dessus de la porte d'un panonceau de bois. Elle avait vieilli avec la distinction des anciennes constructions de chez nous où, au fil des ans, les pierres se patinent en roux et gris. Mais les huisseries, par contre, accusaient l'abandon. Les persiennes avaient perdu des lames et faisaient penser à quelque vieille brèche-dent, et les peintures s'écaillaient.

Le clerc, monsieur Albert, vint nous ouvrir. Il tenait une lettre à la main, et l'esprit apparemment encore à ce qu'il venait de lire, nous regardait, ahuri, par-dessus ses lorgnons. Il portait un gilet-à-croise et des manchettes de lustrine noire. C'était un vieux garçon d'une cinquantaine d'années, long et jaune. Le crin, rare sur le crâne, se rattrapait au-dessus des lèvres en une moustache noire et fournie. De temps en temps, il en remontait les pointes et les tordant entre le pouce et l'index. Il parut soulagé d'apprendre que nous ne venions pas à l'étude, mais seulement en visite de politesse, et, comme pour s'excuser, nous montra sa table de travail et le bureau du notaire. S'y entassait un tel monceau de paperasses et de dossiers qu'à nous, pauvres ignorants, il semblait bien improbable que nul notaire en puisse jamais venir à bout. Il sortit nous annoncer, et ma mère, l'œil vif, constata tout bas qu'apparemment, ici, on aurait grand besoin d'aide.

Dans le petit salon réservé aux intimes, le notaire, assis près du sofa où reposait sa jeune femme, tenait un livre à la main. Notre entrée interrompit la lecture. Anne-Marie, qu'il appelait Mimi avec infiniment de tendresse, était pâle, languissante et fragile. On la sentait prête à accepter n'importe quelle situation pour ne faire la moindre peine à qui que ce soit.

Une petit fille, roulée dans une couverture, était endormie en boule sur le tapis à la manière d'un jeune chiot ; on ne voyait d'elle qu'une foison de boucles blondes, d'où émergeait à peine la rondeur d'une joue en profil perdu. Une fillette, pas plus âgée que moi, lisait près de la cheminée, assise en tailleur sur un fauteuil de velours. Sa chevelure lui cachait le visage, de courts copeaux d'or roux, qu'elle rejeta en arrière pour nous voir ; elle leva des yeux immenses, extraordinairement verts, et le monde pour moi s'abolit à l'instant même. Je la regardais, sidéré. Etait-ce un ange, une fée ou une princesse de chair ? En tous les cas, elle n'était en rien semblable aux filles du village qui fréquentaient l'école...

Je ne revins sur terre que pour me retrouver vendu, empaqueté, ficelé et livré au notariat. Le temps de mon absence, les adultes s'étaient mis d'accord : à partir du mois suivant, je serais affecté aux menus travaux de l'étude. Tous pouvaient constater que monsieur Albert était débordé, et il semblait incroyable que personne n'ait pensé jusqu'ici à lui adjoindre quelqu'un pour le seconder... C'était la Providence qui avait suggéré à madame Brunet de venir aujourd'hui présenter ce gentil garçon... Quel soulagement ce serait pour tous, n'est-ce pas, Jacques ?... Mimi pépiait, de sa voix douce, appliquée à donner du bonheur à tous.

Le gentil garçon était transporté. Le voisinage permanent de monsieur Albert, le fatras de paperasses à déblayer, les sept kilomètres à faire à pied matin et soir, tout cela ne comptait pas : l'essentiel était que j'allais vivre dans la maison de la princesse.

Au retour, nous nous arrêtâmes à la ferme Boisselet. Il fallait bien faire part à quelqu'un de ma nouvelle promotion, mais il y avait autre chose. Boisselet, enragé chasseur s'il en fut, possédait un catalogue de la Manufacture d'Armes et de Cycles de Saint-Etienne. Ma mère demanda timidement si, pour quelques jours, on accepterait de nous prêter « le Livre ».

La Boisselette écarquilla les yeux :

« C'est tout de même pas, ma fille, que tu vas te commander une arme à feu ? »

Ma mère me regarda comme si je la gênais pour parler, elle hésita, puis avoua :

« Je voudrais voir des prix... Un attelage, même de bourricot et d'occasion, ça coûte gros d'achat et d'entretien... Une bicyclette, ça roule sans avoine et sans foin. »

La Boisselette nous considérait, effarée... Elle aussi, pensait, comme la patronne de la Boule d'Or : « T'es glorieuse, ma fille ! » Mais la considération l'emporta sur le blâme :

« C'est ben vrai que pour un premier du canton... Sers-toi, ma fille, c'est toi qu'as l'habitude de ranger. »

En ce temps-là, chaque chasseur fabriquait ses cartouches. Sur une table réservée à cet unique usage, le père Boisselet avait son matériel : sacs de toile emplis de plombs de différents calibres (tiens, tiens, un peu de mon palet pourrait bien venir de là), boîtes métalliques pour la poudre, rondelles de bourre, tubes de carton multicolores encore vides et innocents qui demain porteraient la mort, machine sertisseuse vissée à même le bois de la table. Le catalogue était posé là. Ma mère le prit avec une précaution respectueuse.

Et deux veillées, chez nous, ce fut la féerie. Notre premier catalogue ! Les pages réservées aux Nemrods auraient déjà suffi à nous enthousiasmer par leurs illustrations : fusils, pièges, et coupes de cartouches montrant leurs garnitures bien rangées dans l'ordre, poudre, bourre, plomb, et de coloris différents. Mais finalement, ce n'était que broutille. Le coeur battant, têtes rapprochées, mains fébriles, nous en arrivions aux vélos.

Il le fallait beau, mais surtout solide. C'était un instrument de travail et non de loisirs comme celui de l'instituteur. Je n'osais regarder les prix. Cinq cents francs !

« C'est pas possible, hein, m'man... »

Et j'eus encore une surprise :

« Ecoute, canet, à présent, je dois te dire, tu es grand... »

Elle prit le pic à feu dans la cheminée et gratta la terre qui jointait les dalles devant la plaque foyère, fit basculer celle du milieu. Bien calée dans le sol meuble, je vis une boîte à biscuits, une boîte bleue du Caïffa. Et dans la boîte, une bourse de gros cuir, la bourse naguère donnée par Irma. Il n'y restait plus qu'une pièce d'or, mais ma mère y avait ajouté une liasse de billets neufs, de ceux que le notaire laissait sous la lampe pigeon quand il venait prétendûment acheter du fromage.

Le destin est bizarre... C'est grâce à l'aumône de Jacques Simon L'Aurant que je me suis introduit chez lui, que je lui ai pris sa fille et sa maison.

9.

Le registre bleu : un grand amour

Ma vie d'adulte a commencé le jour où, juché sur mon vélo tout neuf, mon beau vélo à cinq cents francs, je suis arrivé à l'étude avec mon pochon d'écolier ficelé sur le porte-bagages. J'avais douze ans.

Dans le sac de toile, en fait de richesses, il n'y avait que le pain et le fromage de mon déjeuner et une paire de manchettes de lustrine, petites sœurs de celles de monsieur Albert. Elles représentaient pour ma mère l'emblème de mon futur métier. N'eût été la peur du ridicule, elle aurait bien fait quelques lessives de plus pour m'acheter un lorgnon !

Monsieur Albert me reçut sans chaleur et déblaya quelques paperasses pour m'installer devant une feuille blanche : il s'agissait de faire des essais d'écriture. Il parut agréablement surpris et m'abandonna un acte à recopier. « Devant nous, Jacques Simon L'Aurant, ont comparu ce jour... » Monsieur Albert, qui me surveillait lettre à lettre, me demanda de soigner les majuscules. A titre d'exemple, ou pour que je mesure le chemin qui me restait à parcourir, il en fignola quelques-unes devant moi. Il commençait par tourner plusieurs fois son poignet en souplesse et dessinait dans l'espace avec son porte-plume des cercles magiques où s'élaboraient déjà les pleins et les déliés. Quand enfin la plume se posait sur le papier, je regardais, fasciné, naître d'un coup, sans la moindre hésitation, l'imparable chef-d'œuvre.

Je m'exerçai toute la matinée. A midi, il vint regarder par-dessus mon épaule et apprécia mes efforts. Puis il demanda :

« Où vas-tu déjeuner ?... Tu prétends rester ici ? Alors, ne mange jamais rien qui sente fort, et ne laisse pas tomber de miettes ! »

J'étais ennuyé : un fromage de chèvre, ça sent toujours son fruit, pardi ; mais est-ce que c'était capable de dominer l'odeur de moisissure et de poussière qui imprégnait l'étude ? Je me mis à grignoter, sans presque mâcher. Puis monsieur Jacques entra :

« Viens déjeuner, petit. »

Je me suis cru alors à la porte du Paradis et je me suis bien juré que j'aurais un jour, à moi, une salle comme celle-ci pour y prendre tous les repas de ma vie.

La nappe était blanche et amidonnée comme le surplis du curé aux fêtes carillonnées. Cristal et argenteries mêlés étincelaient. Il n'y avait que quatre couverts. J'étais placé entre le maître de maison et la plus petite des filles. La vieille Angèle, en tablier et bonnet blancs, nous servait. Je cherchais vainement Lucile, ma splendeur ; je sus, plus tard, qu'elle était pensionnaire à Poitiers. J'étais à la fois déçu et presque soulagé de son absence ce jour-là, tant j'appréhendais d'avoir à manipuler toute cette argenterie déposée sur la table et tellement différente de nos vieux couverts d'étain.

La petite fille me dit s'appeler Servane et avoir

cinq ans passés. Elle était rousse et rieuse, tout en fossettes, pleine de vivacité. On ne pouvait la voir sans subir son charme. Mais ce n'était qu'un poupon potelé et je rêvais de son aînée. Ses parents parlaient sans s'occuper de nous. Ils se regardaient, enamourés comme de jeunes promis, et cela m'étonnait tout autant que les menues attentions dont le maître entourait sa jeune femme, remontant son châle, choisissant ses fruits, s'inquiétant de son peu d'appétit. J'entrais de plain-pied dans un monde dont, le matin même, je ne soupçonnais pas l'existence.

Le premier matin fut sans histoire. Je n'étais rentré là que pour Lucile, mais à présent, je sentais que ce serait un drame pour moi de devoir quitter l'étude. Puis le notaire et le clerc s'enfermèrent pour parler de moi et monsieur Jacques passa voir ma mère. Au soir, je la trouvai radieuse et excitée. Elle m'expliqua que, dorénavant, je devrais prendre au bourg, trois fois par semaine, des leçons de dactylographie chez une vieille demoiselle qui m'apprendrait à taper des mots sur une machine à écrire tout comme la tailleuse du village alignait des points avec sa machine à coudre. Le notaire prenait tous les frais à sa charge. C'était donc qu'il reconnaissait ma valeur. Alors elle décida que je continuerais de m'instruire le soir après souper.

Le curé et l'instituteur, dès le lendemain du certificat, avaient offert leurs services. L'un avait dit :

« Il serait dommage de ne pas faire fructifier pareille intelligence. »

L'autre :

« Ce serait un péché de négliger les dons du Seigneur. »

Ma mère, alors, s'était réservée. Personnellement, j'aurais voulu aller chez l'instituteur ; nous étions habitués l'un à l'autre et il m'avait fait miroiter les joies des mathématiques. Mais il était libre penseur et n'aurait certainement pas conseillé de me diriger vers le notariat. L'abbé Troulet était un bon prêtre et un érudit. Il groupait sous sa houlette toute la bonne société des environs. Ma mère était fière à l'idée que, chez lui, il m'arriverait de rencontrer d'autres garçons de mon âge et des meilleures familles. Je suppose aussi qu'elle appréhendait ce moment d'adolescence où les jeunes ont le sang chaud et où les conseils du père sont bien nécessaires pour éviter les bêtises qui gâcheraient l'avenir. C'était le moment ou jamais de brandir les interdits religieux et moraux. Surtout, surtout, l'abbé Troulet avait parlé de m'enseigner le latin, raffinement de toute bonne instruction, et ma mère n'avait pu résister à l'idée que son fils allait apprendre la langue même de Dieu.

J'allai donc chez le curé. Et ma mère, qui faisait le plus souvent passer la messe du dimanche après l'urgence de ses travaux, se recueillait comme pour une prière en me faisant réciter :

rosa, la rose
rosa, ô rose
rosae, de la rose…

Au bout de six mois de pianotage chez Mlle Alpha, j'eus un matin, devant moi, sur la table de l'étude, une Underwood énorme, noire et cliquetante, capable d'arrêter toute conversation et d'éblouir les clients.

Le pauvre monsieur Albert crut pouvoir apprivoiser facilement cette machine qui obéissait à un gamin trop jeune pour vraiment apprécier la beauté des majuscules. Au bout de trois jours de laborieux tâtonnements avec ses seuls index, il renonça. Tous les actes désormais durent passer par moi et la table poussiéreuse se vida petit à petit de ses dossiers en attente et en oubli. Monsieur Albert put se consacrer uniquement aux clients et monsieur Jacques à Mimi toujours languissante.

Le jour de mes quinze ans, l'abbé Troulet vint s'entretenir avec ma mère. J'étais, disait-il, capable de passer le baccalauréat avec beaucoup plus de chances que les élèves du collège Saint-Joseph dont il était répétiteur pendant les vacances. Mais un baccalauréat ne me serait, jugeait-il, que de peu d'utilité. Il conseillait plutôt la préparation d'une capacité en droit qui m'ouvrirait un jour un poste de premier clerc dans une grande étude de Poitiers ou de Niort... L'instituteur avait été nommé au loin, emportant avec lui au pays des mirages nos rêves de Centrale ou de Mathématiques supérieures.

C'est je crois cette année-là que ma mère changea de métier. En plein hiver, elle eut une éruption cutanée aux mains après une journée au lavoir. Une simple urticaire ne pouvait ralentir ses travaux, pensa-t-elle. Mais elle récidiva jusqu'à la rendre fiévreuse. Tous les remèdes qu'elle connaissait n'y firent rien, pas plus que les conseils des voisines. Il fallut avoir recours au médecin. On ne parlait pas encore d'allergie, mais de réaction à certains contacts. Elle ne supportait plus, pensait-elle, la crasse des autres. Il fallait renoncer aux lessives, mais de ce fait aux trois quarts de ses revenus. Et juste au moment où, l'abbé Troulet ne suffisant plus pour mener au but une instruction si bien commencée, j'allais coûter autre chose que la douzaine d'œufs ou le morceau de lard hebdomadaires que, toujours fière, elle déposait au presbytère. La fièvre qui suivit devait sans doute autant au souci qu'à l'eczéma.

Le vieux Mâtrouillat mourut alors. Une foudroyante attaque après manger. D'après les restes de jambon, de graton et de poule bouillie, le repas avait été plantureux. L'ange des ténèbres lui avait laissé le temps de vider sa chopine comme en attestait la bouteille vide, mais pas celui de souffrir : il n'avait même pas repris sa chique, qu'on retrouva posée contre son assiette — on l'avait toujours connu chiquant, d'où son nom, Mâtrouillat, mâchouilleur :

« Le mâtrouille, le mâtrouille sans cesse, thio vieux chiqueux », disaient ses clientes délicates avec une moue dégoûtée.

Car Mâtrouillat était laitier-ramasseur, allant de ferme en ferme. Vers 1900, les premières coopératives laitières avaient changé la vie de nos campagnes charentaise et deux-sévrienne. Avant, les producteurs de lait devaient partir au petit jour le livrer au porte-à-porte à la ville la plus proche. C'était immobiliser pour des heures des bras et un attelage. Ou bien les femmes mettaient le produit de la traite dans des récipients de terre bien au frais des caves et des chais ; on levait la crème au bout de vingt-quatre heures, on la barattait et on mettait le beurre au frais dans le puits jusqu'au jour du marché. Le lait écrémé faisait les fromages familiaux, ceux qu'on ne pouvait vendre parce que dépréciés auprès des fromages de chèvre et du fait de leur manque de matière grasse ; et le reste passait dans les auges des cochons et des volailles. Ce n'était guère rentable.

Une première laiterie coopérative essayée à Surgères en 1880 fit éclore à foison des rêves d'élevage. Et petit à petit, chaque chef-lieu de canton eut la sienne. Les laiteries, outre leurs employés à demeure, embauchaient les collecteurs qui passaient en charrette dans chaque village, hameau, ferme isolée, pour le ramassage. Elles leur fournissaient le matériel nécessaire, seaux, bidons, mais les laitiers amenaient l'attelage. Etant donné les maigres salaires de l'époque, c'était relativement bien payé et surtout l'après-midi restait libre pour d'autres travaux. Ce n'était pas considéré comme un métier de femme. Les tournées devaient être assurées par n'importe quel temps, et il fallait beaucoup de force pour manipuler les gros bidons ; de plus, l'abandon du foyer aux premières heures du jour l'interdisait aux mères de famille ; et l'odeur détestable des tabliers empesés de lait aigri, pas plus que le contact avec les hommes de la laiterie, n'attiraient la considération. Pourtant, au moment de la guerre, il avait bien fallu que les femmes s'y mettent. Quelques-unes avaient paru assez satisfaites pour conserver leur travail au retour des soldats.

Vincente brigua l'emploi du Mâtrouillat et l'obtint. Elle s'en fut chez le neveu héritier pour acheter la charrette bâchée et la mule Bébelle du défunt. Trop content de trouver à s'en débarrasser, il lui fit un prix d'ami. Dès mon retour du bourg, au soir, je dus asperger d'eau et brosser au balai de chiendent la charrette puante. Bébelle fut étrillée comme elle ne l'avait jamais été de sa vie. C'était une bête docile et pleine de finesse ; ses longues oreilles se courbaient de contentement quand on la caressait. Nous fûmes très vite amis. Il fut convenu que je ferais la tournée du dimanche matin pour que ma mère rattrape l'abandon de ses travaux ménagers en semaine. L'abbé montra son mécontentement de me voir manquer la messe. Il lui fut répondu :

« L'ouvrage commande, monsieur le curé. Ah ! si le Bon Dieu nous avait laissé notre homme !... »

La tournée commençait à l'aube. Devant chaque cour de ferme, Bébelle s'arrêtait d'elle-même. Il fallait emboucher la trompette-au-lait, une simple corne de bœuf munie d'une anche. Les femmes sortaient des étables, les seaux de lait encore fumants au bout des bras et le fameux livret de laiterie dans la poche. C'est sur ce carnet imprimé que le collecteur devait noter la livraison du jour après avoir transvasé le lait, à l'aide du seau gradué, dans les grands bidons de la laiterie. Dans les récipients vides, on versait le petit-lait de la veille, qui revenait de l'usine pour les cochons.

Parfois, un homme, le contrôleur, se glissait dans l'ombre de la charrette. Son rôle était de vérifier la propreté des récipients et surtout de mesurer la densité du lait afin de déceler si une éleveuse n'aurait pas des fois oublié quelques litres d'eau au fond d'un seau en le lavant. Mouiller le lait était un déshonneur encore pire que celui de voler à l'étalage. C'était encourir la condamnation de tout un village, et je me demande encore comment on pouvait risquer pareil opprobre, la lourde amende et l'exclusion de la coopérative, pour un gain de quelques centimes par jour. Pourtant, il y en avait. Nous, les ramasseurs, connaissions bien celles qui étaient tentées, soit pour payer une dette, nipper une fille, par simple avarice ou encore par goût du risque. Quelquefois, nous avions pitié et nous faisions un signe, avant que le contrôleur n'émerge de la charrette bâchée où il était tapi. Alors, les tricheuses posaient leur sabot ferré en porte à faux sur une pierre du chemin mise là tout exprès en prévision du pire, et, feignant de perdre l'équilibre, renversaient leurs seaux sur le bas-côté de la route. Nous regardions le liquide, bleuté à force de blancheur, filer dans les rigoles du chemin et se laisser absorber par le fossé avide. La femme pleurait sincèrement. Pour gagner quelques sous, elle avait tout perdu. Elle geignait :

« Oh ! min, queu malheur !... Le pied m'a viré, y ai pas pu me r'tenir ! »

Le contrôleur, furieux, haussait les épaules :

« Tu seras contrôlée à mon prochain passage ! »

Et il s'enfonçait à nouveau dans l'ombre, en ronchonnant sous sa moustache : « Je t'aurai, ma gaillarde. »

Et c'est vrai qu'on finissait toujours par les reprendre.

Je me mis à aimer ces tournées hebdomadaires dans le petit matin. Que ce soit dans l'euphorie printanière, dans la chaleur naissante du plein été ou dans le gel dur du gros hiver, quand notre respiration, à Bébelle et à moi, se condensait en buée givrante. Ma mère alors veillait à notre bien-être en m'attifant de gros tricots et en déposant, à l'abri des éclaboussures de lait, une vieille couverture pour la mule quand les arrêts se prolongeaient. « Descends prendre un bouillon chaud, le drôle », me proposait-on, ou : « Allez, viens donc boire un café, l'est tout frais. »

J'apprenais à connaître la nature, bien plus paisiblement qu'à pédaler sur mon vélo. J'y appris aussi la vie d'alentour, le contact direct avec les villages. Cet adolescent qui, dans des relents d'étable, trinquait comme un homme avec le fermier, buvait le café matinal face à la ménagère en contant les menus faits de la veille, ou encore confiait au braconnier réputé : « Y a une levrâche dans le pré à Gustin, une volée de perdreaux à la plaine des Rabanneaux », gagnait sans le savoir les clients de la future étude Brunet.

J'avais toujours mon vieux pochon d'école pendu

à un ranche de la charrette, bien à l'écart des bidons, et rempli de livres, livres d'étude, livres de la bibliothèque. Au pas de Bébelle, j'ingurgitais tout, j'assimilais avec une facilité que je n'aurais jamais eue, je le crois, dans une salle d'étude. Ma boulimie d'apprendre s'exacerbait d'être laitier.

Vincente, une fois pour toutes, m'avait mis en garde contre certaines maisons où je ne devais accepter sous aucun prétexte l'assiettée de soupe chaude ou le café : ou bien les femmes y étaient grincheuses, toujours prêtes à faire des histoires parce que la jauge était mal graduée ou le chiffre marqué sur le carnet en dessous de la vérité, ou bien, et c'était le pire, les filles y étaient effrontées. Il aurait fait beau que l'une d'elles s'amourache de moi et réduise à néant l'espoir du futur notariat français ! Je devais aussi refuser la rincelette de blanche qui m'aurait rendu alcoolique en moins de rien, juste le temps de dire, et puis, va, ça te mange le foie. Un demi-verre de vin, pas plus, et pas n'importe où.

Ah ! et puis il y avait la Jeanne, dite Belle-Nénette. Son mari n'était pas rentré de la guerre. Au début, ses voisins vinrent pour l'aider ; on la sut vite d'un commerce facile et il s'avéra que les travaux agricoles étaient le plus souvent abandonnés pour d'autres plus agréables. Les femmes la jalousaient, l'appelaient « la Veuve joyeuse » ; elle n'avait pas d'amies, mais les mâles lui suffisaient, et eux, qui n'avaient avec elle aucune scène à craindre, l'appréciaient beaucoup. Elle était brune et frisée, encore jeune, avec des yeux ardents et un rire qui éclatait pour des riens. Elle respirait la bonne humeur et la belle santé. Des garçons de mon âge en parlaient déjà, mais j'avais cru à des vantardises.

« Ne descends pas chez Belle-Nénette, m'avait recommandé ma mère, même pour trinquer, ça te ferait du tort. »

Pourtant, elle, qui savait le poids de la solitude, ne la jugeait pas :

« Peut-être que si son homme était revenu, ça ne serait pas arrivé de même. »

En revanche, n'ayant droit pour son Alcide ni au nom gravé sur le monument aux morts ni à la pension des veuves de guerre, elle ajoutait, sévère :

« N'empêche qu'elle fait guère honneur à l'argent que le gouvernement lui verse. »

Quand les fermes étaient rapprochées, les femmes se groupaient au bord du chemin. Elles faisaient semblant de vouloir m'aider, mais j'étais grand et déjà bien plus fort que défunt Mâtrouillat gêné par son gros ventre, et je maniais facilement les bidons, en rajoutant même un peu au besoin pour les éblouir. Belle-Nénette s'exclamait :

« Te voilà donc déjà un homme, mon drôle de Brunet. »

Au lieu de rire comme je faisais avec les autres, je me contentais de rougir comme un niais, à cause de ce qu'on racontait sur elle. Un peu déçue, à ce qu'il me semblait, elle haussait les épaules :

« Entre ton curé et ton notaire, t'apprendras jamais l'essentiel, mon pauv' gars. »

Une fois, brusquement enhardi, plantant mes yeux dans les siens, je répondis du tac au tac :

« Tu m'apprendras, Belle-Nénette, tu m'apprendras, quand je n'aurai plus ma charrette de laitier. »

Elle resta un moment à me regarder avec étonnement et puis nous avons parlé de la pluie et du beau temps. Quand je quittais Belle-Nénette, je reprenais rarement mes livres d'études et l'abbé Troulet n'aurait guère aimé mes pensées.

Je regarde quelquefois mes petits-fils. Je ne sais si la puberté leur apporte aujourd'hui les mêmes émois, les mêmes tentations, les mêmes difficultés à se vaincre que nous avions autrefois. Je ne crois pas. Ils sont plus directs, moins effarouchés. Leurs contacts permanents avec des filles de leur âge doivent les libérer de toutes nos craintes un peu bêtes. Elle avait raison, Belle-Nénette, j'étais en train, avec les travaux pour aider ma mère, les livres du curé et l'atmosphère de l'étude, de passer à côté de ce qu'elle appelait l'essentiel. Bah ! on verrait bien. A seize ans, on a tout son temps pour apprivoiser la vie. Il me fallait, avant tout, étudier. Et réussir parce que j'étais ambitieux et me sentais les dents longues. Pour ma mère, qui avait tout misé là-dessus. Et surtout parce que je voulais un jour être pareil aux Simon L'Aurant dans leur belle maison, avec leur argenterie étincelante, leurs manières raffinées et ce détachement élégant des choses de l'argent. Il n'y avait rien de plus important ni de plus urgent. Alors, adieu, Belle-Nénette...

Ce fut à cette époque qu'il y eut chez ma mère un changement qui me troubla. Elle devint plus gaie, sembla rajeunir, s'acheta avec plaisir des choses pimpantes, disant qu'elle avait besoin de remplacer ses tabliers de jute.

Un soir, ayant quitté l'étude plus tôt pour déposer un papier chez un client, je rentrai à la maison avant l'heure. Ma mère était assise, face au contrôleur, devant une bouteille juste débouchée. On ne servait chez nous du vin bouché qu'une ou deux fois l'an et pour de grandes occasions. Je me demandais en quel honneur la visite du contrôleur en était une.

C'était un veuf de trente-cinq ans, père de deux enfants en bas âge. Un blond, assez bel homme, plutôt timide, guère bavard, mais de conversation sensée. A vrai dire, je ne l'avais jusqu'ici considéré qu'en tant que contrôleur de laiterie et ne lui avais prêté aucune attention particulière.

Ce qui m'intrigua, ce fut la gêne mal dissimulée de ma mère, si sûre d'elle habituellement. Après ce qu'elle m'avait conté d'Alcide, il me paraissait impossible qu'un autre homme pût l'intéresser. Surtout pas celui-là, en veste de velours déteinte et qui sentait l'étable. Et ma mère, pour moi, ne pouvait être autre chose que ma mère.

Elle se leva, prit un verre au vaisselier et le posa devant moi. Sa main tremblait un peu. Je repoussai le verre :

« Merci, j'ai du travail. »

Je m'installai au bout de la table devant mon livre ouvert. L'autre but très vite son fond de vin et, le dos courbé, prit congé. Je revois ce dos rond d'homme vaincu. C'est cela qui fit tout le mal. Il aurait dû s'approcher et, d'un revers de main, balayer ce livre que je ne lisais pas : « Petit merdeux, j'ai trente-cinq ans, ta mère pareil, nous avons le droit de ramasser encore un peu d'avenir et de bonheur. Alors, fiche-nous la paix, toi pour qui la vie ne fait que commencer ! » J'aurais sûrement été jaloux, et furieux, mais j'aurais compris. Mais non, il tourna le dos et mon orgueil s'en trouva conforté.

J'appris, peu après, par mes clientes du dimanche, que le contrôleur avait quitté la laiterie ; il était remplacé par un vieux grincheux, le père Salomon, « une vraie peau d' vache », ajoutait-on. Ce qui me fit supposer, en me mettant mal à l'aise, que l'autre était un brave homme.

Ma mère reprit peu à peu ses habits sombres, la petite lueur de gaieté qui avait un moment éclairé son visage s'éteignit, deux rides plus marquées creusèrent le coin de ses lèvres. Un soir, sans raison, elle dit :

« Ce qu'on peut être bête à certains jours... J'ai pourtant toujours su qu'Alcide ne pourrait pas être remplacé... »

Ce fut tout. Il ne fut plus question du contrôleur. Mais en fait, il n'avait jamais été question de rien.

A l'étude aussi, le temps passait et la blondeur de monsieur Jacques se changeait insensiblement d'or en argent. Je devenais au moins aussi indispensable que monsieur Albert. Mimi, toujours languissante, avait, disait-on, attrapé une maladie de poitrine. Le vieux médecin lui faisait boire de la teinture d'iode dans du lait chaud. Angèle passait ses journées à compter des gouttes et toute la maison sentait le varech frais. Souvent, le soir, la petite Servane poussait sans bruit la porte du bureau, portant un damier ou la boîte aux dominos :

« Tu as le temps, Charles ? »

Au risque de rester après l'heure, j'acquiesçais toujours. Fillette, elle portait déjà en elle cette douceur, cet apaisement, cette fraîcheur. Soudain, je n'avais plus de pensées troubles ; même Belle-Nénette était oubliée. Je retrouvais près de Servane la sensation éprouvée l'année de ma communion au sortir du confessionnal. Sa pureté me lavait de tout mal. Parfois, elle demandait :

« Apprends-moi à taper à la machine. »

Elle poussait son siège contre le mien et nous avions alors tous les deux le même âge, le sien, et riions sous l'œil réprobateur de monsieur Albert.

Quand Lucile était là, tout changeait et l'innocence de Servane n'opérait plus. Ma peau me brûlait. L'aînée se complaisait peu à nos jeux, se contentant de me regarder, moqueuse, de me frôler, de me toucher... Un jour, brusquement, devant sa sœur, elle me plaqua un baiser sur la bouche. Pas un baiser égaré de fillette. Un baiser d'amoureuse qui connaissait l'amour. J'en restai ébahi, pâle, près de l'évanouissement. Servane nous regarda avec un rien de tristesse, ramassa les pions et sortit sans rien dire. Lucile la suivit, d'ailleurs, mais non sans faire en passant quelques agaceries au pauvre monsieur Albert. Elle était déjà loin qu'il en était encore à rajuster sa cravate et à raccrocher ses lorgnons qui tombaient toujours au bout de leur cordon dans les moments de forte émotion. Reprenant sa dignité compromise, le souffle encore court, le vieux garçon m'avertit :

« Prends garde à mademoiselle Lucile ! Elle ne sera jamais, je le crains, une personne convenable. »

Quand elle eut dix-huit ans, Lucile quitta le pensionnat et Servane prit sa place à l'institution. Ce fut une époque difficile. La nouvelle pensionnaire des Dames de Sainte-Croix nous manquait. Mais celle que ces mêmes Dames nous renvoyaient créait une atmosphère épuisante, lourde d'orages. Elle fatiguait sa mère. Et comme il fallait aussi penser à son établissement, on lui fit faire de nombreux séjours chez des cousins à Nantes, Angers, Paris. Elle revenait encore plus belle que dans notre souvenir, avec des toilettes neuves et des mines à nous laisser pantois, le pauvre Albert et moi :

« Charles, as-tu vu ma nouvelle robe ? Tu trouves qu'elle est vraiment indécente ? »

Les paupières mi-closes laissaient filtrer un mince rayon vert pour juger de l'effet du décolleté, de la taille basse et de la jupe courte. Puis elle aguichait le clerc :

« Mon cher Albert, je veux absolument vous apprendre à danser le charleston, vous verrez, c'est divin. »

C'était plutôt diabolique. Elle fredonnait :

C'est elle qui pilote
C'est elle qui capote
C'est moi qui vais su' l' gazon

en se trémoussant pour finalement se laisser choir sur la poitrine du pauvre homme. Ses longs sautoirs de perles multicolores s'emmêlaient dans le cordon du lorgnon. Elle partait enfin, riant follement.

Un soir, elle m'attendit à la porte de la buanderie où je garais ma bicyclette. Ses yeux brillaient comme ceux d'un chat à l'affût :

« Charles, je voudrais te faire un brin de conduite, tu permets ? »

Dès que nous fûmes sous les arbres, elle se mit à rire, me prit le vélo des mains et le posa sur l'herbe :

« Charles, tu n'as donc pas envie de m'embrasser ?... Moi, j'aime tant qu'on m'embrasse... »

Je rentrai à la maison tout pantelant, les lèvres mordues, les joues en feu sous ma barbe naissante. Elle avait dit : « Mais tu piques, que c'est donc agréable... As-tu déjà essayé d'embrasser la petite Servane ?... Oh ! que ce serait drôle ! »

Nous nous retrouvions ainsi de temps en temps, puis, pendant toute une semaine, elle paraissait m'oublier ; j'en arrivais à me demander si je n'avais pas rêvé ; j'étais prêt à renoncer, et puis, sous la table de déjeuner, je sentais mon pied pris entre deux petites sandales de toile, ou bien je la retrouvais un soir à m'attendre au coin de la buanderie. Elle partait un mois chez des cousins, revenait toute tendre, repartait, m'oubliait.

Je n'étais pas assez fou tout de même pour ignorer que tout cela ne mènerait à rien, sinon à m'user le cœur et les nerfs. Les filles comme elles jouaient avec le feu, mais en prenant bien garde de ne pas se brûler. Leur but était le mariage, mais une Lucile Simon L'Aurant n'épouserait jamais le petit Brunet, fils d'une ancienne femme de peine et laitier du dimanche.

Le temps passait. Je perdais mon entrain, ma joie de vivre et mon goût des études. Certains jours, je m'y remettais avec un désir accru de réussite, pensant que peut-être, plus tard, je serais digne d'elle. Et puis le lendemain, le découragement me prenait : je ne serais jamais que le petit Brunet.

Ce fut un samedi soir, un 23 juin, veille de la Saint-Jean, que Lucile m'attendit pour la dernière fois. Elle ne fut alors ni moqueuse ni rétive. Elle se laissa aimer totalement :

« Tu vois, Charles, à présent, tu ne m'oublieras jamais. »

Je rentrai en retard dans un indescriptible état de bonheur. J'avais envie de crier aux arbres, aux pierres, aux oiseaux : « Elle m'aime ! Elle m'aime ! Lucile m'aime ! »

Parce qu'enfin, même si elle ne m'avait rien dit, il fallait bien qu'elle m'aime... Il me semblait que tout le monde allait voir notre amour, mais, de toute façon, nous ne pourrions plus le cacher... Lucile attendrait et nous nous épouserions. L'instituteur avait dit qu'en travaillant les mathématiques, je pourrais devenir ingénieur ; j'allais travailler, travailler, cela irait très vite et nous partirions dans un pays neuf où personne ne connaîtrait mon enfance misérable. Dès lundi, je demanderais un jour de congé pour aller m'acheter des livres.

Les garçons et les filles de mon âge passèrent me chercher pour aller allumer le bûcher de la Saint-Jean :

« Viens, Charles, on sautera, on dansera, tu as bien gagné de t'amuser un peu. »

Je remerciai, déjà coupé de mes camarades par mon étouffant secret. Qu'aurais-je eu à faire avec eux ?

Le lundi matin, l'étude était sens dessus dessous. Il traînait des fleurs fanées sur la machine à écrire, une assiette de petits fours restait oubliée devant la place de monsieur Albert. La vieille Angèle vint les ramasser en traînant ses savates, s'excusant de ne pas avoir eu le temps de passer partout :

« Ces réceptions ne sont plus de mon âge. Madame Mimi est fatiguée et c'est pas la fiancée qui bougera le petit doigt. Ah ! si on avait seulement attendu les vacances de Servane... »

Je n'eus pas le temps de questionner. Lucile entrait, insouciante, poussant devant elle un jeune sous-lieutenant guère plus âgé que moi, superbe dans son uniforme neuf.

« Bertrand, lui dit-elle, je vous présente la partie laborieuse de notre maison, les bureaux, les deux clercs de mon père. »

Ils passèrent. Lui, avec un signe de tête qui ne nous voyait pas, elle, pendue à son bras, m'ignorant complètement.

Des années plus tard, on peut avoir l'air de s'en amuser, mais, sur le moment, que ça peut donc faire mal... Après ? Après, il y a eu cette interminable suite de nuits et de jours où je n'en finissais pas de souffrir, de vouloir mourir... Est-ce que je sais seulement comment j'ai survécu alors ? Si, je sais : l'orgueil ; cette fois-là, il m'a sauvé. Que personne ne sache quel idiot j'avais été. De cet amour que j'avais rêvé de clamer au monde entier, que personne ne se doute.

Ma mère comprit-elle ? Je ne sais. Pas plus que du contrôleur, il n'en fut question entre nous. Monsieur Albert ? Sûrement, mais il ne fit jamais d'allusion. Pas plus que Servane qui connaissait assez sa sœur pour tout deviner. On maria Lucile au loin et très vite, pour ne pas fatiguer Mimi dont le mal empirait. Servane, à la rentrée d'octobre, resta pour aider Angèle à donner des soins. Elle n'apportait plus auprès de moi sa boîte à dominos. Elle ne me demandait plus de lui apprendre la dactylographie. Elle tapait maintenant mieux et plus vite que moi. Chaque après-midi, quand la malade sommeillait, elle venait silencieusement s'asseoir à ma table. Sans parler, je poussais vers elle la grosse Underwood, et, dans son cliquetis impressionnant, Servane recopiait les derniers dossiers. Nous nous taisions. Elle me regardait, et c'était comme si une main fraîche se posait sur mon front pour calmer mon amertume.

C'est seulement quand je revins du régiment que je me crus guéri de Lucile.

10.

La succession Brunet

Pour la Pentecôte, Anne et Claire débarquèrent avec leurs maris. Les enfants étaient éparpillés chez des amis.

Zépha avait préparé les chambres et demandé à Charles Brunet quels repas prévoir :

« Le premier soir, tu leur feras une bonne soupe, un poulet froid, une salade. Pour la suite, tu verras avec Anne. »

Zépha ne put s'empêcher de pincer la bouche. Elle avait ancrée en elle cette idée de pauvres que quand on reçoit on reçoit bien. De quoi aurait-elle l'air, avec ce menu de misère ?

Le vieil homme remarqua sa réprobation :

« Ne t'inquiète pas, lui dit-il. Ce n'est pas pour manger qu'ils viennent. »

Lui aussi avait un drôle d'air. « Après tout, pensa-t-elle, s'ils ne sont pas contents, c'est le même prix ! »

En fait, Charles Brunet avait raison, et Zépha comprit vite ce qu'il avait voulu dire. Elle servit la soupe et se retira. Plutôt que de « faire des simagrées », comme elle disait, avec les couverts en argent, elle préférait rester à la cuisine et manger debout, ainsi qu'elle l'avait toujours fait, « à la pointe du couteau ». Mais, de la cuisine, elle entendait mal ce qui se disait dans la salle à manger, et elle revint se fondre dans l'ombre entre deux portes pour pouvoir écouter.

« Père » par-ci, « Père » par-là, le docteur et le professeur lui semblaient d'un coup bien polis, bien soucieux de la santé du notaire. Les femmes ne parlaient pas trop, elles semblaient plutôt sur la réserve.

Zépha alla lever les assiettes, le docteur Girard lui fit compliment de son potage, et elle se retint pour lui retourner que ce n'était pas du « potage », mais de la soupe comme elle savait la faire, avec de bonnes légumes pour que ça tienne au corps et du temps à mijoter au coin de la cuisinière. Elle servit le poulet et la salade, puis disparut à nouveau et reprit sa faction.

« Père, dit le docteur Girard, croyez-vous devoir garder les terres maintenant qu'il faut régler la succession de Mère ? Vous nous avez souvent dit qu'elles étaient d'un rapport insignifiant... Deux pour cent, je crois... Le plus simple serait peut-être de réaliser... Cela nous éviterait, à Anne et à moi, les intérêts ruineux d'un emprunt pour la clinique... Je crois que Fabien serait d'accord... »

Zépha, dans l'ombre, s'était figée. Réaliser ? Ça voulait dire quoi ? Vendre, pour sûr. Honteuse pour le docteur comme s'il venait de dire une cochonnerie, elle restait immobile, éclaboussée par le scandale qui allait atteindre la famille : vendre la terre, dans la conscience paysanne, arrive juste après le meurtre et le vol parmi les choses terribles. Elle y était d'autant plus sensible qu'elle ne possédait que ses quatre murs en voie d'écroulement au bas de la sente-aux-ânes.

Sans souci de ce qu'on penserait de son indiscrétion, elle entra dans la salle à manger, fit semblant de s'intéresser à ce qui se passait sur la table. En réalité, elle voulait voir la tête du cousin, prête, s'il le fallait, à l'aider de n'importe quelle manière. Mais le cousin ne paraissait pas surpris, au contraire, et c'est tout juste s'il n'avait pas au coin de l'œil une étincelle de malice. Pas rassurée pour autant, Zépha sortit.

« Comme vous le savez, disait-il, Servane avait demandé il y a quelque temps que nous signions une donation mutuelle au bénéfice du dernier vivant. Peut-être avait-elle prévu votre demande. »

Il parlait lentement et sans hésitation. L'affaire, il y avait réfléchi.

« Cette donation mutuelle, je désire n'en pas tenir compte. Je vous abandonne la totalité de la succession, à l'exception de la petite maison qui me vient de ma mère...

— Papa ! dit Claire.

— Nous ne voulions pas... », se récria le docteur Girard.

Charles Brunet les fit taire d'un geste :

« Laissez-moi finir. Vendez tout si vous le désirez. La villa de Royan, l'étude, qui est en location, cette maison-ci, qui vient des Simon L'Aurant... Voyez maître Paulet, il a une promesse de vente pour l'étude, tenez-en compte... »

Il fixa doucement le docteur Girard :

« N'oubliez pas, toutefois, qu'il ne sera fait que ce que les filles de Servane jugeront bon de faire. »

Il se leva de table, laissa sa serviette sur sa chaise et s'éloigna pesamment, sans se retourner. Il surprit Zépha dans le couloir, atterrée. Il haussa les épaules, comme pour dire que tout cela n'avait pas d'importance.

Anne et Claire le suivirent, le rattrapèrent au pied de l'escalier. Claire avait les yeux pleins de larmes.

« Papa, je t'en prie, dit Anne, nous ne voulions pas te peiner. »

Charles Brunet s'arrêta un instant à regarder Claire : comme elle ressemblait à Servane... Il les serra l'une après l'autre brièvement contre sa poitrine :

« Tout est réglé, dit-il, ne vous inquiétez pas... Laissez-moi, maintenant, j'ai à faire. »

Et il monta à sa chambre.

Ce soir-là, Anne, Claire et leurs maris parlèrent tard dans le salon. Le lendemain, Claire demanda que lui soit attribuée la maison, de façon que son père puisse y rester, que rien n'y soit changé. Les deux hommes partirent chez le notaire du bourg, maître Paulet. Ils en revinrent fort excités : valeurs boursières ajoutées, l'héritage dépassait toutes prévisions.

Maître Paulet à son tour vint voir Charles Brunet. L'esprit du vieil homme restait vif, et il n'avait pas oublié le métier. Une seule chose pouvait surprendre : cette générosité, ce total abandon de ses propres intérêts.

Quand les deux couples furent partis, Zépha balaya rageusement derrière eux, comme pour effacer toute trace de leur passage. Les jeunes dames avaient bien essayé d'être gentilles avec elle, mais elles avaient beau jeu, maintenant que le mal était fait. Zépha leur en voulait presque plus qu'aux hommes, qui ne faisaient après tout que tenir leur rôle de profiteurs.

« Ne fais donc pas cette tête », lui dit Charles

Brunet vers le soir. « Ce ne sont pas de mauvais enfants, va. Même ce Girard que tu n'aimes guère. Il est un peu pressé d'arriver, il veut sa clinique, mais à son âge, je n'étais pas autrement... J'ai moins confiance en Fabien, c'est un jouisseur, et l'argent ne lui vaudra rien... »

La voix était lasse mais calme :

« Enfin... Un peu plus tard, un peu plus tôt... »

Il se leva, tira un fauteuil sur la terrasse :

« Viens donc t'asseoir un moment », dit-il.

Prise de court, Zépha posa le bout de ses fesses pointues sur le bord du siège. Elle avait l'air en visite. Charles Brunet regardait le jardin, le royaume de Servane depuis qu'ils avaient quitté l'étude pour s'installer ici. On aurait dit qu'il la suivait du regard, allant des pivoines aux rosiers, du magnolia au massif de freesias. Elle n'avait jamais existé autant que depuis qu'elle était morte. Elle tenait toute la place.

« Tu vois, Zépha, dit lentement Charles Brunet, je crois que Fabien ne mérite pas plus Claire que je ne méritais Servane... »

Il la regarda. Elle était pétrifiée.

« Raconte-moi donc, dit-il, ce que vous faisiez, toutes les deux... »

Zépha, les mains jointes sur son tablier de satinette noire, gardait le silence. Depuis trois bons mois qu'elle était là, c'était la première fois qu'il lui parlait d'autre chose que du ménage ou de la maison.

« As-tu connu », lui demanda-t-il pour l'encourager, « les filles Simon L'Aurant, Lucile et Servane ?... Non, c'est vrai, elles n'avaient pas de raison de venir au village, et tu n'en avais pas d'aller au bourg... D'ailleurs, tu n'aurais pas aimé Lucile... Ma mère non plus ne l'aimait pas... »

Il y avait dans ce soir de juin quelque chose d'infiniment doux et prenant, peut-être un peu triste.

Non, Zépha n'avait pas connu Lucile. Et Servane, la première fois qu'elle l'avait vue, ç'avait été quand le fils Brunet était mort.

« C'est à cause de votre Jean-Luc, dit soudain Zépha.

— Jean-Luc ? »

Charles Brunet avait sursauté. La mort de Jean-Luc était, quinze ans plus tard, une blessure encore mal fermée. Là-dessus aussi il devrait faire le point, se mettre en règle.

« Comment as-tu connu Jean-Luc ? demanda-t-il.

— C'est Lélette qui me l'a ramené un jour. »

Parler de Servane l'intimidait, mais elle était plus à l'aise pour parler de sa Violette. C'est vrai qu'un jour, la gamine — elle pouvait avoir sept ou huit ans — était arrivée avec un drôle de son âge et l'avait entraîné dans son royaume, l'appentis. Ils s'étaient mis à balayer le sol avec des branches de genévrier, à disposer de vieilles caisses en guise de meubles, à draper de chiffons une planche posée sur deux tréteaux.

A ses vêtements, à ses façons, Zépha avait bien vu que c'était un « enfant de riches ». Pour ne pas avoir d'ennuis, elle s'était renseignée : c'était le petit Jean-Luc Brunet, le petit-fils de Vincente et du notaire Simon L'Aurant. Un vieux clerc de l'étude l'amenait chaque matin prendre des cours au presbytère, dont le desservant avait été professeur au petit séminaire de Poitiers ; plusieurs familles aisées lui confiaient leurs fils pour les préparer au collège des jésuites et gagner quelques années d'internat. Ses cours terminés, le petit Brunet allait chez sa grand-mère Vincente attendre que le clerc vienne le chercher à la fermeture de l'étude.

Vincente, alors, ne fréquentait pas trop Zépha, qui vivait, d'homme en homme, d'une façon peu recommandable, mais, voyant à quel point s'accordaient Violette et Jean-Luc, laissait faire malgré tout — Vincente la vertueuse se rappelait peut-être son enfance solitaire dans les jardins de l'hospice. D'ailleurs, c'est souvent elle qui les faisait goûter. L'une ou l'autre fois, elle avait proposé aux enfants de rester à s'amuser chez elle, mais ils préféraient l'appentis du bas de la sente-aux-ânes.

Puis Jean-Luc était parti au collège, et on ne l'avait plus revu que pour les vacances, et encore, quand il n'était pas aux sports d'hiver ou à Royan, dans la villa que le notaire avait fait construire. N'empêche, dès qu'il le pouvait, Jean-Luc arrivait en vélo, et ils se retrouvaient, Lélette et lui, comme s'ils s'étaient quittés la veille. Ils grandissaient. Le garçon devenait un long jeune homme pâle à la voix grave, aux gestes lents, avec une sorte de lumière dans le regard, comme sa mère. Il vous donnait sa confiance et ne vous jugeait pas.

Lélette, au même âge, était autrement délurée et Zépha les surveillait de près, persuadée qu'elle était, du fond de sa pratique du malheur, que rien de bon ne pouvait arriver entre ces deux-là. Ce n'était pas possible pour la bonne raison que ça serait trop beau. En tout cas, entre eux, elle ne surprit jamais rien d'équivoque.

Jean-Luc avait fait son droit — il paraissait dans l'ordre des choses qu'il reprît l'étude quand son père se retirerait — puis était parti soldat en Algérie. Tout le temps de son absence, Lélette avait paru l'oublier, et Zépha en avait été à la fois déçue et soulagée. Ah ! elle en avait ramené, des garçons, à la maison ! Mais jamais pour longtemps. Comme sa mère avant elle, elle n'essayait pas de les retenir, au contraire : « Un de perdu, dix de retrouvés ! » disait-elle gaiement.

Quand Jean-Luc était rentré — vieilli, marqué par une guerre pour laquelle il n'était pas fait —, Lélette était redevenue la Violette d'avant le péché, l'amie unique, l'irremplaçable. En avaient-ils encore passé des heures à parler !

Il avait commencé à travailler à l'étude avec son père, puis un jour, était venu annoncer à Lélette qu'il se fiançait. Il n'aimait pas cette fille Mareuil, mais c'était ça ou rompre avec son père. Il avait ce jour-là un visage fermé, amer, comme Zépha ne lui avait jamais vu. Les Mareuil, c'était du beau monde, avec beaucoup d'argent.

On n'avait pas revu Jean-Luc de deux ou trois mois, mais Lélette disait qu'il reviendrait avant les fiançailles, qu'il l'avait promis. Cette fois-là, il était redevenu comme avant, à la fois gai et grave, comme quelqu'un qui serait tout à fait en accord avec lui-même. Il était entré, avait bigé Violette sur les joues et avait dit :

« Je ne me marie plus. Lélette... Cela fera un peu de peine à mon père, mais c'est ainsi... J'ai grandi, tu vois, j'ai décidé de faire ce que j'ai toujours eu envie de faire... Je rentre à Ligugé... »

Moine, c'était ça, leur secret, à Lélette et à lui, il voulait être moine. Son visage à elle s'était fait rayonnant comme le sien. Entre eux, passait toute la tendresse du monde. Puis il était sorti, était monté dans la belle auto que lui avait offerte son père, et avait fait un grand signe de la main :

« Adieu Lilou, garde-toi !... Je te donnerai des nouvelles. »

Dès qu'il avait été parti, Lélette s'était assise sur

le tabouret, à la table, comme vidée de forces, et Zépha avait vu la joie s'éteindre lentement dans ses yeux, et son visage était devenu gris et terne comme celui qu'elle aurait plus tard quand elle serait devenue une vieille femme. Ce n'était pas une fille à pleurer, mais encore, si elle avait pleuré, on aurait su quoi faire... Un comme ça de perdu, Lélette n'en retrouverait pas dix... Zépha, désarmée, était sortie.

Elle avait entendu la voiture tourner en haut de la sente-aux-ânes.

Si on savait... Mais on ne peut jamais savoir.

Le destin de Jean-Luc l'attendait à dix kilomètres de là. Des gitans comme on en voyait encore, des bohémiens moins que rien, avec un cheval maigre et une pauvre charrette pleine de marmaille, du linge partout sur des ficelles. Il allait peut-être trop vite, le jeune, riche et heureux fils Brunet. En tout cas, il avait fauché un peuplier pour éviter ces pouilleux et leur roulotte de misère, et il restait écrasé sous la carrosserie de la belle auto.

C'est dans ces jours-là que Servane était venue voir Zépha, menue dans ses vêtements de deuil, le visage figé :

« Mon fils venait de chez vous juste avant l'accident, avait-elle dit, j'ai besoin de tout savoir, ce qui s'est passé ici, ce qu'il a dit, ce qu'il a fait... Tout, vous m'entendez... Je vous en prie... »

Zépha avait dit tout ce qu'elle savait, et Violette aussi, mais au fond ce n'était pas grand-chose. Madame Servane avait pourtant paru soulagée : un moment, devait-elle confier un peu plus tard à Zépha, elle avait cru que la mort de son fils n'était pas si accidentelle que ça, que le conflit avec son père l'avait touché très profondément.

Depuis, chaque fois qu'elle en avait l'occasion,

Madame Servane passait dire bonjour. C'est seulement depuis qu'ils étaient venus s'installer au village qu'elle descendait au moins une fois par semaine. Elle s'asseyait au bout de la table, apportait un gâteau ou un paquet de café, toujours quelque chose en tout cas, et les deux femmes parlaient un moment, de tout et de rien, de ces choses qui restent sans importance quand on ne s'aime pas et qui prennent dans l'entente un écho si profond.

La dernière fois, c'était pour la Chandeleur, elle était arrivée en même temps qu'un filet de vent qui avait dû s'attarder dans les fossés tapissés de violettes et de coucous et qui annonçait le printemps. Toutes deux, elles s'étaient penchées sur les trois pieds de giroflée rousse du « jardin » et les ravenelles en fleur plantées contre l'entrée.

Puis elles avaient parlé de cette maison de retraite qui s'installait au bourg. Ni l'une ni l'autre n'avait envie d'y finir ses jours.

« Ah ! ça non ! » avait dit Zépha. « C'est icite que j'ai passé ma vie, c'est icite que je mourrai ! »

D'autant qu'à l'hospice, il faudrait encore retrouver les mijaurées de l'école ; elles seraient alors devenues des petites vieilles ridées et bancales, mais ça ne les rendrait pas meilleures, au contraire, et elle ne s'en ressentait pas d'être comme autrefois leur souffre-douleur. Les malheurs de la vie, ça suffit bien.

Servane avait posé sa main blanche et fine, aux bagues trop larges, sur la main rugueuse aux ongles cernés de noir, façon de la calmer, comme on calme d'une caresse un animal ombrageux :

« J'ai un service à te demander », avait-elle dit. « Si je devais partir, enfin, s'il m'arrivait quelque chose, je voudrais que tu ailles t'installer là-haut, chez nous, pour tenir la maison... Ce pauvre Charles est bien incapable de s'occuper de lui... Il ne s'est jamais intéressé qu'à son travail. »

Zépha avait mis un moment à comprendre de quoi il s'agissait :

« Mais pourquoi que vous me parlez de ça à présent ? C'est-y que vous avez vu le médecin du cœur ? »

Servane n'avait pas répondu. Sa main s'était faite pressante :

« Promets-moi, Zépha. »

Zépha, sans trop savoir ce qu'elle faisait, avait promis. Et tout juste une semaine plus tard...

Zépha se tut.

Charles Brunet ne répondit pas. La nuit était maintenant presque complète, et ils ne se distinguaient plus l'un de l'autre que vaguement.

« Cousine, dit enfin le vieil homme, je ne souperai pas ce soir... »

Il se leva et, de façon tout à fait inattendue, posa la main sur l'épaule maigre de Zépha :

« Servane avait raison. Je suis content que tu sois ici. »

11.

Un après-midi de Zépha

Plouf, plouf, plouf... Zépha, intriguée, jeta un œil par le fenestron, d'où elle avait la sente-aux-ânes en enfilade. Qui pouvait bien venir chez elle à cette heure, et par cette chaleur encore ? Elle reconnut la démarche brimbalante de Marthe Guérin, ses pieds à l'équerre dans les pantoufles de feutre.

Elle resta soigneusement dans l'ombre de sa cuisine.

« M'ame Biraud ! » appela la Guérin. « Z'êtes là, m'ame Biraud ? »

Zépha sortit sur le seuil en s'essuyant les mains à son tablier, fit la surprise :

« Tiens, m'ame Guérin !

— C'est pour le BULLETIN PAROISSIAL », dit l'autre, et on aurait cru qu'elle parlait en majuscules, tellement elle en avait plein la bouche de sa religion.

Zépha n'était pas dupe. Depuis quarante ans que les curés imprimaient leur journal, elle n'en avait seulement jamais vu la couleur. C'était un prétexte pour venir fouiner, poser des questions. Elle aurait bien fermé la porte au nez de cette maufaisante, mais en vérité, elle était curieuse de l'autre. Elle joua le jeu :

« C'est gratuit, votre journal ?

— En principe, tous ceux qui payent le DENIER DU CULTE ont droit au BULLETIN PAROISSIAL, mais là il m'en restait et MONSIEUR LE CURÉ m'a dit d'en faire profiter des amis... »

Zépha, plus que jamais sur ses gardes, décida d'esquiver :

« Vous avez de la chance de me trouver icite, je n'y suis plus guère depuis que je vis chez le cousin... »

S'étant ainsi mise sous la protection du notaire, elle pouvait sans grand risque faire entrer l'autre bavassouse.

« Oh ! mais c'est frais chez vous », minauda la Guérin, qui regardait partout, inventoriait le mobilier de misère, faisant le compte du bric et du broc.

Zépha tira une chaise, sortit deux tasses, mit de l'eau à chauffer. Et même, elle alla prendre le dernier paquet de café que lui avait apporté Servane. La Guérin, au moins, ne pourrait pas dire qu'on lui avait servi de la pisse d'âne. D'ailleurs, elle ne s'y trompa pas. Elle porta la tasse à ses lèvres, apprécia l'arôme en connaisseuse :

« C'est du fameux », on dirait.

Du coup, elle prenait ses aises, posait son ventre sur ses courtes cuisses, cherchait le meilleur angle pour installer ses pieds douloureux. Là, comme ça, elle allait pouvoir savourer café et cancans.

« Et alors, ma pauvre, attaqua-t-elle, comment ça se passe là-haut ? On dit que maît' Brunet est plus qu'aux trois quarts fou, qu'il n' cause même plus... »

Zépha ne sut que répondre. D'habitude, la repartie lui venait facilement, mais là elle regardait la Guérin, embusquée comme une grosse araignée, et ne trouvait rien à dire.

« Ça ne vous fait donc pas peur de rester enfermée avec ? insistait l'autre.

— Et de quoi que j'aurais peur ? » dit-elle enfin. « D'abord parce que maît' Brunet n'est pas homme à devenir fou. On raconte n'importe quoi. Ce qu'il a, je vais vous l' dire, moi, m'ame Guérin, c'est un homme qu'est malheureux. »

L'araignée attrapa le mot qui traînait, l'embobina dans sa vilaine salive :

« Malheureux ! Malheureux ! C'est bien temps, à présent ! Je me suis laissé dire que du vivant de sa femme, il ne renâclait guère à donner des coups de canif dans le contrat ! »

Zépha regrettait son café — comment pouvait-on être aussi mauvaise ?

« Ce que j'en dis, reprit Marthe Guérin, c'est pure causerie. Mais avouez que c'est tout de même bizarre, ces deux morts si brusques dans la famille ! Même à vingt ans d'écart, ça laisse à penser... Pour le fils, rappelez-vous, on n'a jamais su le fin mot de l'histoire...

— Vous n'allez tout d' même pas dire qu'ils ont été aidés, m'ame Guérin ! Ça serait grave, d'accuser !

— Ne me faites pas dire des horreurs pareilles ! Je pensais seulement que ça pouvait être un châtiment du CIEL. Vous savez, on voit ça quand la fortune des gens va trop vite, ou quand ils font des choses contraires à l'ÉVANGILE. Vous vous rappelez le CATÉCHISME, comment on punissait les adorateurs du veau d'or et les fornicateurs ? Et encore, c'était sûrement moins dégoûtant que ce qu'on voit aujourd'hui. »

Zépha reprenait du poil de la bête :

« Dites donc, vous n'iriez pas supposer que maît' Charles est un satyre ? Et que si ça était, moi je resterais ?

— Oh ! non, oh ! non, ma belle, vous fâchez pas... Vous savez bien que vous n'empêcherez jamais les méchants de jaser... Si vous saviez ce que j'entends, à distribuer mon BULLETIN PAROISSIAL ! Je vous assure que les gens ont trouvé surprenant de vous voir tout abandonner pour aller vivre là-haut... Qu'est-ce qui a pu vous décider ?

— Eh bien ! m'ame Guérin, simplement parce que maît' Charles est mon germain. Ça compte, chez nous, les liens du sang. La famille, c'est sacré, comme qui dirait. »

La voix de Zépha était suave. La Guérin, qui était en procès avec ses neveux et nièces, de plus fâchée à mort avec son frère, accusa le coup. Mais, refoulant le fiel — après tout, Charles Brunet n'avait pas fait trop de cas, sa vie durant, de la misère dans laquelle vivait sa « germaine » Josépha Biraud —, elle balaya ces vétilles et reprit ses questions là où elle en était :

« Voyons, c'est-il vrai que tous les biens du côté des Simon L'Aurant vont être mis en vente ? »

Les nouvelles allaient vite.

« Paraîtrait, répondit seulement Zépha.

— Des gens bien renseignés m'ont dit que tout était à vendre, les terres, la ferme, la maison, l'étude, la villa de Royan, tout.

— On n' me fait point de confidences, m'ame Guérin, et je ne demande rien, croyez-le. »

Marthe Guérin se pencha en avant et baissa le ton :

« On m'a affirmé que le gendre médecin joue aux courses. Vous le saviez ?

— C'en est encore un, çui-là, qui ne me conte

pas ses secrets. Ce que je sais, et ça je peux vous le dire sans indiscrétion vu qu'il ne parle que de ça, c'est qu'il veut acheter une clinique à Paris... Bon, c'est pas l' tout, va me falloir remonter faire la soupe au cousin, vous m'escuserez, m'ame Guérin. »

Lèvres pincées, Marthe se souleva de sa chaise et se posa précautionneusement sur ses pieds. La récolte était maigre. De maison en maison, l'os à cancans gagnerait bien quelque moelle, mais pas de quoi ronger pendant longtemps. Cette Biraude refusait l'alliance, eh bien ! on se chargerait de lui faire payer ça. Rajustant son châle, la visiteuse lança une dernière flèche :

« Et au fait, votre Violette, en avez-vous de bonnes nouvelles ? »

Zépha fut prise à l'improviste et marqua le coup. « Et voilà, pensait-elle, je l'ai mérité. On n'a pas idée d'offrir le bon café de madame Servane à une charogne pareille. Ça ne peut subsister qu'en fouillant du groin dans le malheur des autres. Et ça mêle Dieu à ses saloperies, en plus !... Et votre Violette, avez-vous des nouvelles ? Non, madame, j'en ai point, et je peux même vous dire que j'en crève si ça vous fait plaisir... »

Après le départ et la mort de Jean-Luc Brunet, Violette avait perdu le bon sens. Elle avait pris du travail à la cantine des gars qui refaisaient les routes, et elle restait parfois une semaine sans rentrer, ou bien elle revenait au dos d'un gars sur une moto. Jamais le même. Une fois, ça a été un petit Portugais, et ça a bien duré une semaine. Zépha était contente : le Portugal et l'Espagne, c'est un peu cousin, et le Portugais lui rappelait son José. Mais il ne parlait pas un mot de français et Lélette s'était énervée : « T' fatigue pas, c'est pas la peine. » Après, ç'avait été un Mon-z'ami, un grand, noir comme le cul du four. Gentil, mais on ne sait jamais. Celui-là, on le comprenait. Il disait : « Ji vas t'emminer à Paris, et ji vas t'emminer dans mon pays, ti verras le soleil di là-bas. » Zépha ne se rappelait même plus avec lequel Lélette était partie quand l'équipe de la route a eu fini. « Elle est venue m'embrasser, se rappela-t-elle, a posé sur la table une poignée de billets. " J'en ai pas besoin, elle a dit, je vais faire un tour, je peux plus me supporter ici à présent. Ailleurs, c'est peut-être moins moche. Dès que j'aurai gagné le gros lot, je reviens te chercher, c'est promis. " Ça fait bien quinze ans maintenant, Lélette a point gagné, faut croire... Et l'autre, là, qui vient avec sa gueule enfarinée : " Et votre Violette, avez-vous des nouvelles ? " »

Zépha s'enfonça les ongles dans les paumes et fit une sorte de sourire :

« Pas assez souvent que je voudrais, pour sûr. Elle et moi, on n'est guère des écrivassières, mais ça va, je vous remercie, elle est contente...

— Allons, tant mieux ! » minauda Marthe Guérin.

Au moment de passer le seuil, elle se retourna :

« Au fait, mon BULLETIN PAROISSIAL, je vous le laisse ?

— J'ai guère le temps de lire, vous savez bien, mais vous pouvez le laisser, on a toujours besoin de papier dans une maison. »

Marthe Guérin, outragée, tourna le dos et disparut — plouf, plouf, plouf.

Zépha, épuisée, se dirigea machinalement vers le buffet, se versa un verre de vin blanc. Elle le but sans plaisir ni conviction, presque par devoir et pour dépasser sa détresse : mais pourquoi donc le monde était-il si mauvais que c'était toujours la méchanceté qui l'emportait ?

L'idée de retrouver des Marthe Guérin à l'hospice la ramena à la dernière visite de Servane. Et d'un coup, elle comprit pourquoi Servane lui avait demandé d'aller chez le cousin : « C'était pour que je ne finisse pas ma vie en pouilleuse, comme je l'ai commencée, pour que je ne reste pas sans feu et sans pain, avec seulement la charité du gouvernement... Vous saviez, madame Servane, que Lélette ne reviendrait pas... Et moi qui n'avais rien compris ! Oh ! Madame Servane... » Elle pleurait doucement, Zépha, et pour la première fois depuis bien longtemps. Elle pleurait sans révolte, et même sans souffrance. Des larmes d'amitié, si on peut dire.

D'ailleurs, ce même jour, elle pleura une autre fois. Quand elle remonta chez le cousin, il était déjà réveillé de sa sieste. Il vit bien qu'elle n'allait pas. Il ne posa pas de questions, mais dit seulement :

« Dis donc, au lieu de faire tous ces aller et retour, tu ferais aussi bien d'installer ton cheptel ici, tu ne crois pas ? »

Il n'attendit même pas la réponse et remonta à ses écritures.

12.

Le registre bleu : les grands débuts

J'ai passé sous les drapeaux une partie des années 1931 et 1932 ; on faisait en ce temps-là son service militaire à vingt et un ans, et pour douze mois. Interminables moments d'ennui, avec des jours de hargne contre cette Lucile que je n'oubliais pas et dont je comprenais pourtant qu'il me fallait guérir. J'étais à Versailles, et je visitai bien dix fois le château. J'écrivais une fois par mois à ma mère, et elle me répondait ponctuellement, me donnant des nouvelles du village. Elle m'annonça un jour avoir laissé son travail de laitière et vendu la mule Bébelle et la charrette ; elle m'envoyait par le même courrier un mandat pour que je me fasse faire « un beau costume » tandis que j'étais près de Paris.

Au bout de mon temps, je fus nommé caporal. Ces deux brins de laine sur la manche rugueuse du drap bleu horizon me paraissaient dérisoires quand je m'imaginais les galons d'or du bel uniforme de l'autre, cambré à la taille. Bof ! au moins ma mère serait-elle fière de moi.

« Caporal Brunet, si vous vous rengagiez, vous pourriez faire les E.O.R. Vous auriez un bel avenir.

— Non merci, mon adjudant. »

Je ne pouvais pas lui expliquer que son bel avenir

ne m'intéressait pas. Je n'avais plus envie de rien. Ni d'être premier clerc, ni officier ou le diable sait quoi. Petit Brunet j'étais, fils de croquants de bas étage, et petit Brunet je resterais. Ah ! il était beau, le caporal ! Il ne désirait rien d'autre que rendre son uniforme et aller retrouver le village et la vieille bâtisse, la mère, le patois, les paysans mal dégrossis, reprendre les tournées de laiterie, avec les cahots de la charrette, les femmes caquetantes au bord du chemin, le poids des bidons dans les épaules, la valse lente des saisons au pas de la mule. Et puisque j'étais un homme désormais, j'irais, rasant les murs à la soirante, retrouver Belle-Nénette à mon tour. Il me semblait que tout s'était terminé en même temps pour moi, l'amour et l'envie d'être quelqu'un.

Quand je revins, je trouvai ma mère vieillie et grisonnante, déjà vêtue en femme seule, tout occupée à de petites habitudes qui avaient pris la place du fils absent :

« Il faut bien, Charles, que j'arrive à me passer de toi. »

Je lui dis que je ne voulais plus être clerc. Je la remerciai de tout ce qu'elle avait décidé pour moi et de ce que j'avais appris grâce à elle. Mais pourquoi ne reprendrais-je pas les tournées du lait ? Pourquoi ne ferais-je pas le valet de ferme, comme mon père ?

Elle répondit que je déparlais, que mon père et elle avaient voulu que je sois autre chose qu'eux parce qu'ils savaient justement qu'ils n'étaient rien, mais que maintenant je ferais bien ce que je voudrais. Je comprenais à quel point je la décevais et je ne savais pas si elle allait se mettre en colère, la grande Vincente, ou fondre en larmes. Cela l'intimidait de me voir en homme.

« Faire le laitier, dit-elle encore, ça n'est pas digne de toi. »

Fort de ce que j'avais appris à Versailles, je répondis avec beaucoup de mauvaise foi qu'une reine de France avait été laitière. Ma mère n'avait jamais entendu parler de Trianon, et elle en fut blessée. Je me jugeai d'autant plus coupable que je voyais bien, à la regarder, qu'elle avait laissé les tournées non par souci de standing mais parce que les bidons étaient sans doute devenus trop lourds pour elle.

J'allai au bourg sans trop savoir ce que je dirais à l'étude.

C'est Angèle qui vint m'ouvrir. Elle traînait à présent une béquille sous son bras gauche et c'est à peine si elle levait les pieds.

« Qu'est-il arrivé ? lui demandai-je.

— Ben voui, je peux plus marcher, mais c'est surtout madame Mimi... »

La pauvre vieille se mit à renifler :

« Elle s'en va de la poitrine... »

Du bout de sa béquille, elle poussa la porte de l'étude. Je reconnus aussitôt l'odeur de papier et la lumière particulière dans lesquelles j'avais vécu presque dix ans de ma vie. Tout était redevenu fouillis et poussière comme lorsque ma mère m'avait amené là pour la première fois. L'Underwood dormait comme la belle au bois sous sa housse de moleskine, les tables étaient encombrées de dossiers, des paperasses traînaient partout. Mais, chose jamais vue, monsieur Jacques lui-même était assis à mon ancienne place, à annoter des papiers. Fallait-il que le travail fût devenu pressant ! Il fixa sur moi un regard flou, parut se demander qui j'étais, puis se leva soudain en basculant sa chaise, se précipita mains tendues :

« Charles, mon enfant, comme nous t'espérions ! »

Comment, en aussi peu de temps, l'élégant maître Simon L'Aurant était-il devenu ce vieil homme aux cheveux ternes, aux épaules voûtées, traînant un air de totale abdication ? Sa veste de gros tweed qui autrefois lui donnait une distinction tout anglo-saxonne était maintenant informe et tachée.

Il me vint à l'idée que peut-être c'était ma façon de voir qui avait changé. D'ailleurs, monsieur Albert à son tour se leva pour me saluer, distant, rigide comme avant. Comment avais-je pu me laisser impressionner par cette dignité figée. Je n'y voyais plus qu'une prétention dérisoire.

Monsieur Jacques comprit à mon regard que je réprouvais le désordre de l'étude, le laisser-aller général. Il désigna d'un geste flou la table où il travaillait, le fouillis des dossiers :

« La succession Moreau », dit-il comme si cela expliquait tout…

Je vis qu'il avait les pommettes roses et les yeux noyés, et pensai qu'il s'était mis à boire. Se sentant ainsi jugé, il se défendit comme il pouvait :

« Nous sommes très inquiets pour ma femme. »

Servane alors parut dans l'entrebâillement de la porte, exactement comme autrefois, quand elle m'apportait le jeu de dames ou la poupée de porcelaine dont je devais remettre en place les élastiques qui accordaient les membres, la tête et le torse. Elle aussi avait changé, était devenue une adolescente pâle, amaigrie, épuisée. Sous les mèches rousses en désordre, les yeux lui mangeaient le visage, comme on dit, et jamais l'expression ne me parut plus justifiée.

Quand elle me vit, une étincelle de joie s'alluma

dans le regard résigné, comme au temps où je la laissais « aller à dame » ou me prendre un pion en s'écriant : « Souffler n'est pas jouer ! » Elle posa brusquement la cuvette d'émail où l'on voyait des tampons de coton et une seringue. Elle me sauta au cou, spontanée et chaleureuse comme elle l'avait toujours été mais avec, j'en suis sûr, un immense soulagement. Dans cette atmosphère morbide et confinée, je devais représenter la vie.

« Charles ! disait-elle, Charles ! »

La tête contre mon épaule, elle pleurait sans bruit. Je caressai maladroitement ses cheveux qui sentaient l'éther. Servane, ma petite sœur, ma seule amie, qu'avait-on fait de toi ? Ces inconscients saccageaient ta jeunesse, sacrifiaient tes dix-sept ans sans se poser de questions, te tuaient aussi sûrement que s'ils t'assassinaient. Une sorte de rage s'empara de moi :

« Donnez-moi quelque chose à faire », demandai-je à monsieur Jacques.

Je travaillai jusqu'à la nuit tombée. J'avais passé le permis de conduire à l'armée et empruntai, pour revenir au village, la Renault de monsieur Jacques.

En rentrant, je dis à ma mère :

« Madame Mimi crache le sang. Il faudrait trouver quelqu'un pour s'occuper d'elle. »

Elle comprit qu'il n'était plus question que je sois valet de ferme mais ne parla de rien, et je lui en sus gré. Elle leva l'épaule :

« J'irai », dit-elle. « A mon âge, ces choses-là ne s'attrapent plus, mais toi, prends bien garde. »

Le lendemain, j'emmenai ma mère en auto chez les Simon L'Aurant. C'était la première fois de sa vie qu'elle montait dans une voiture ; et elle n'était pas peu fière de s'asseoir à côté de moi. Elle avait préparé quelques affaires dans un panier d'osier, et s'installa dans la chambre d'Anne-Marie. Elle prit en main les choses de la maison, envoyant Angèle à la cuisine et Servane au jardin.

Travail, travail, travail. Sans rêves, sans pensées. L'Underwood antique crépitait mais j'y perdais beaucoup de temps et, sans même en parler à monsieur Jacques, j'en commandai un nouveau modèle. Je secouais monsieur Albert :

« Convoquez pour demain, s'il vous plaît, les héritiers Chavet... Il faudrait voir aussi la veuve Lacroix, rien n'a encore été fait à son sujet... Reprenez donc, si vous voulez bien, les comptes de tutelle de la mineure Joffroy... Une assignation à payer... »

Le pauvre vieux en perdait son lorgnon, comme autrefois quand Lucile dansait le charleston devant lui. Ma mère, à midi, m'apportait un sandwich et une tasse de lait. Je mangeais debout contre la fenêtre, veillant que Servane prenne sa ration d'air pur. Ma mère et moi, nous aurions voulu l'éloigner de cette maison malsaine, mais madame Mimi l'appelait vingt fois par jour. Du moins ne la laissait-on plus donner les soins et éponger les hémorragies.

Un soir, Angèle et ma mère se consultèrent. Ce fut la première qui, appuyée sur sa béquille, attira le notaire dans un coin :

« Monsieur Jacques, ça va être le moment de demander le prêtre. On ne peut pas laisser partir madame Mimi sans les secours de la religion. »

Mais monsieur Jacques, pourtant chrétien convaincu, ne pouvait pas s'y résoudre : sa femme était persuadée de guérir. Pour Pâques, monsieur le curé était venu lui donner la communion et elle lui avait promis d'aller elle-même, l'an prochain, à l'église remercier le Bon Dieu. « Je me sens mieux », disait-elle parfois. « Dès que j'aurai repris quelques forces, nous partirons dans le Midi. Tu sais, Jacques, comme j'aimerais que nous refassions notre voyage de noces. » Ses yeux alors s'éclairaient d'un espoir incroyable et vraiment insensé. Qui pourrait décider de jouer le bourreau ?

« Qu'on lui laisse au moins sa certitude de guérir », disait monsieur Jacques.

Mais Angèle, à la religion stricte, s'affolait :

« Nous n'avons pas le droit ! Elle va paraître devant le Bon Dieu. Il lui faut au moins une absolution... Qu'est-ce qu'on sait des âmes ? Vous ne pouvez la condamner à souffrir toute l'éternité...

— Anne-Marie n'a jamais fait le mal », répondait le notaire. « Elle est pure comme un enfant. Laissez-la donc tranquille. »

Ma mère ne prenait pas parti. Les morts de chez nous avaient moins d'exigences et moins d'égards.

Ce fut enfin Servane, à qui Angèle avait fini par faire peur, avec ses terrifiantes visions d'âmes errantes et de paradis fermés à double clé, qui courut, les joues inondées de larmes, jusqu'au presbytère. Elle ramena le prêtre portant les saintes huiles.

C'est alors seulement qu'Anne-Marie Simon L'Aurant comprit qu'elle allait mourir. Ma mère me conta la terreur qui naquit alors au fond des yeux, le tâtonnement des pauvres mains transparentes à la recherche d'un secours et puis le cri de détresse, dernier cri d'amour en même temps :

« Jacques, Jacques, ne m'abandonne pas ! »

Puis un flot de sang remonta à la gorge, éclaboussa le drap. L'absolution hâtive fut donnée à un corps dont la vie s'était à jamais retirée.

Il me fallut bien revoir Lucile.

Ils arrivèrent, Gilbert Denieux et elle, dans une de ces voitures nouvelles, une Citroën, qui, s'arrêtant dans la cour, fit soudain paraître plus ternes encore la grande bâtisse et les panonceaux défraîchis. Je remarquai que Gilbert Denieux avait perdu, avec l'uniforme, beaucoup de sa prestance. Il cambrait toujours les reins, mais il avait seulement l'air raide. Quant à Lucile... Malgré tout ce que j'avais pu me raconter, aussi bien pour me torturer que pour l'oublier, elle était mille fois plus belle que dans mon souvenir, plus charnelle, le corps plus épanoui, avec plus d'éclat encore dans le teint clair. Je m'étais juré de rester insensible, et voilà que j'étais prêt, au premier signe, à ramper comme un chien affamé.

Je me trouvais avec les autres, portant le costume sombre que ma mère m'avait fait acheter à Versailles. Mais ce fut comme s'ils ne me voyaient pas. Ils passèrent, dédaigneux, devant les bureaux aux volets mi-clos à cause du deuil et entrèrent directement dans le salon transformé en chapelle ardente.

Peut-être effectivement ne m'avait-elle pas vu ? Après tout, sa mère était morte et elle ne pouvait rester indifférente. Je fus sauvée des questions par l'arrivée du plus étrange équipage que j'eusse jamais vu : une calèche grinçante tirée par deux vieux chevaux et menée par un cocher au moins octogénaire qui branlait la tête de haut en bas sans discontinuer. C'était la douairière de Bouleux, la mère de la défunte, qui arrivait du Limousin.

A la douairière, au moins, il restait du sang. Et vif. Longue, maigre, caparaçonnée de crêpes épais, blindée de jais brillants, elle semblait portée par les voiles légers qui virevoltaient autour d'elle et flottaient dans son sillage comme une queue de comète. Elle envahit la maison, mit aussitôt son mot à tout, prit tout en main et, en fin de compte, nous épargna la gêne de ne savoir que faire de nous.

Elle resta quelques instants devant le corps de sa fille morte, éclata en sanglots bruyants, l'aspergea d'eau bénite, se signa et sortit expliquer à son gendre ce qu'il aurait fallu faire :

« Vous auriez dû la mener en Italie, ou la confier à un médecin parisien... N'avez-vous pas entendu parler de ce mage qui soigne par attouchements et fait des miracles ?... Mon pauvre Jacques, vous auriez dû m'appeler. Savez-vous que moi-même, à dix-huit ans, j'avais la poitrine fragile ? Un saint homme de prêtre m'a guérie avec de l'ortie blanche et de la bave d'escargots... Lui avez-vous seulement fait prendre de la bave d'escargots ? »

Jacques Simon L'Aurant, effondré, la regardait sans réagir.

« D'ailleurs, reprenait la douairière, cette maison pue l'ennui. A ma fille, il aurait fallu des chants, des rires... On ne meurt pas à quarante ans si on a encore envie de vivre... »

Elle oubliait qu'elle n'avait jamais revu sa fille depuis son mariage, trop heureuse de se débarrasser de cette enfant rêveuse et languide qui l'agaçait. Elle demanda qu'on lui présente ses petites-filles, Lucile et Servane, fit quelque compliment au très cambré Gilbert Denieux et disparut vers la cuisine où elle tomba sur ma mère :

« Ah ! dit-elle, allumez donc une flambée dans ma chambre, ces soirées sont fraîches. Vous m'y servirez le five o'clock. Nous n'avons pas pris le temps de déjeuner, ni Eugène ni moi... Une tranche de viande froide, deux œufs, du miel, des confitures... »

Elle partait, revenait :

« Au fait, ma fille, occupez-vous convenablement de ce pauvre vieux, nourrissez-le bien, il a encore gros appétit... Les toasts, pas trop grillés, juste dorés... »

Ma mère en reste un moment interdite. Cela faisait sûrement longtemps qu'on ne l'avait pas appelée « ma fille » ; quant au five o'clock... Je la vis, de ma place, décrocher tranquillement son châle et prendre son panier. Elle était déjà sur le seuil quand une dernière honnêteté la fit se retourner. Parmi ceux qui étaient là, Lucile dut lui paraître la plus sensée :

« Vous pourriez peut-être préparer son comme-elle-dit à votre grand-mère. Moi, je ne connais point ça et je rentre chez moi. »

Puis elle passa la porte, comme une dame. Je me rappelai ses leçons mille fois répétées : « Surtout, mon drôle, n'abdique jamais ta fierté de miséreux. Quand tu devrais tout abandonner, c'est ça qui doit te quitter en dernier. »

J'allais retourner au bureau, où il me fallait préparer le courrier, quand Lucile vint vers moi :

« Bonjour Charles, que tu es donc changé. »

Elle me détailla de bas en haut, sembla apprécier le costume, mais son regard s'arrêta un instant de trop sur la cravate, sans doute un peu voyante, que ma mère m'avait offerte. Elle eut un demi-sourire et se reprit vite, mais j'avais compris à quel point elle me sentait désarmé, toujours à sa merci.

Elle me fixa droit dans les yeux :

« Voudrais-tu aller chercher du bois pour la chambre de grand-mère ? »

Moi, j'étais tout prêt à vendre mon âme pour

retrouver Lucile, ne fût-ce qu'une fois, derrière la buanderie. Pourtant, je refoulai en moi une sorte de sanglot qui m'emplissait la gorge :

« J'ai à faire », dis-je. « Mais je peux montrer à ton mari où se trouve le bûcher, derrière la buanderie. »

Elle rougit violemment et me tourna le dos. J'avais honte, mais en même temps j'aurais voulu que Vincente soit là, qu'elle voie que son fils était de sa race.

Ils repartirent tous très vite après la cérémonie, la Citroën d'abord, puis la calèche. La dernière vision que nous laissa la douairière fut celle d'un voile flottant par la fenêtre ouverte. Elle se pencha pour nous crier quelque chose que nul n'entendit.

Monsieur Albert ferma la porte cochère et fixa les barres de protection. Nous restions entre nous, c'est-à-dire un homme prostré, une adolescente pitoyable et cette vieille bonne qu'il devenait urgent de confier à l'hospice.

Je demandai à ma mère de venir quelques jours pour mettre, avec Servane, la maison en ordre. Pendant ce temps, je continuai à déblayer les dossiers en retard. Je m'occupai aussi de vendre aux Boisselet un terrain des Simon L'Aurant jouxtant leur propriété : Monsieur Jacques avait besoin d'argent, et l'idée ne lui venait même pas d'emprunter dans les capitaux confiés à sa garde.

Là-dessus, Albert tomba malade, une méchante grippe à complications qui l'éloigna de l'étude pendant deux bons mois. Je faisais travailler Servane avec moi, moins pour m'aider que pour l'occuper. Chaque matin, en arrivant, nous nous embrassions tout naturellement. Mon émoi à l'approcher ne venait pas de sa féminité, mais de sa fragilité. Il m'arrivait de lui prendre la main pour lui communiquer ma force et mon courage. J'étais à la fois son ami, son frère et même son père, puisque l'autre ne la voyait même plus.

Monsieur Jacques buvait de plus en plus et vivait dans une sorte de brouillard dont il émergeait parfois pour me signaler, avec une lucidité inattendue, un travail à faire ou une question à régler. C'est ainsi qu'il me demanda un jour de convoquer tous les héritiers Moreau, dont la succession, en litige depuis plusieurs mois, était objet de disputes sans fin entre neuf héritiers et héritières, sans compter deux concubines. « Un vrai nid de frelons », disait monsieur Jacques.

Le vieux Moreau avait été marchand de chèvres. Il était surtout dit la Poule-nègre. Les poules nègres sont les hommes ou les femmes censés avoir conclu un pacte avec le diable, qui leur fournit une gallinacée née aux enfers et capable de pondre non pas des œufs mais des pièces d'or. A moins que ça ne soit, en grattant le sol à la recherche de vermisseaux, d'en faire jaillir des trésors.

La mère du vieux Moreau avait servi chez le père de Maître Simon L'Aurant. Elle s'était occupée de Jacques enfant et, à cause sans doute de cela, le marchand de chèvres, qui se méfiait de son ombre, portait au notaire une totale confiance. Un jour, il s'était acheté une fermette en ruines et ensuite, partant de là, il avait acheté les champs, les prés, les bois d'alentour. Il est certain que son maigre commerce, qui aurait à peine suffi à la nourrir convenablement, n'avait pu être à l'origine de ces achats. Il y avait mieux. Chaque fois le père Moreau

Ici s'interrompt le récit de Marguerite Gurgand. Dans les pages qui suivent, son fils Jean-Noël reprend la phrase interrompue.

A mon père

Ne me secouez pas, je suis plein de larmes.
Henri CALET

Chaque fois le père Moreau

Rien de plus, pas un verbe pour que le père Moreau bouge un peu ou dise quelque chose, rien d'autre que ce bout de phrase comme une queue de lézard qui vous reste entre les doigts, comme un tesson dont on ne sait même pas si c'était pour un bol ou une assiette. Ma mère est morte, elle n'écrira jamais la fin de son livre, et nous voici avec ce père Moreau dit Poule-Nègre, cinq mots orphelins et ma mère aujourd'hui sous la terre et qui ne dit plus rien, aujourd'hui, demain et dans les siècles des siècles, ma mère qui ne finit pas sa phrase.

Chaque fois le père Moreau

C'était le samedi, le lendemain de ce vendredi-là, le lendemain du jour où mon père a téléphoné. Aline, ma nièce de cinq ans, pose sur mes genoux son lapin chiffonneux, soulève un coin du drap noir aux larmes d'argent, dit que c'est une bonne idée d'avoir enfermé Mamie dans une boîte en bois, comme ça elle n'aura pas de terre dans les yeux. Elle réfléchit, demande si c'est vrai qu'on a mis dans le cercueil les deux livres que Mamie a déjà écrits, et je dis que c'est vrai, qu'on l'a fait parce que ces deux livres, ç'avait été beaucoup de joie pour elle.

Aline reprend son lapin magique, me regarde sévèrement :

« Mais dis donc, toi aussi tu écris des livres.

— Oui.

— Alors je trouve que tu devrais bien finir celui qu'elle a commencé. »

Sur la table à côté, dans un dossier rouge, le manuscrit du roman en cours, cent trente-sept feuilles grand format et petits carreaux, la moitié de l'histoire de Charles Brunet, notaire, dans le recopiage soigneux de mon père, trait de marge à la règle et pas un mot qui dépasse ; tout autour, du courrier en retard, des listes de courses à faire à Chef-Boutonne ou de choses à dire aux enfants, et surtout des brouillons, pages tout de suite avortées ou pleines à ras bord, avec des élans, des ratures, des rafales de mots, des engourdissements, des rêvasseries entre les lignes, tout cela tellement vivant, tellement je-reviens-de-suite, que nous n'osons pas y toucher.

« Tu m'entends, Jean-Noël ? »

Elle a bien du souci, Aline, avec ces grandes personnes désemparées et tous ces gens qui rentrent sans même s'essuyer les pieds.

Chaque fois le père Moreau

La fin de l'histoire de Charles Brunet, je la connais. Ma mère venait justement de faire le plan de ce qui restait à écrire. Je peux donc dire comment Charles Brunet a épousé Servane pour avoir l'étude, et le drame avec son fils, et ce que deviendra Zépha, et ce qui arrive à la fin. En vérité, cela ne signifie pas que ma mère aurait respecté son superbe plan I-II-III-IV. Son genre a toujours plutôt été d'écrire d'abord et de faire le plan après. En tout cas au moment où elle est morte, c'est ça qu'elle avait dans la tête, et c'est donc ça que je dirai ici pour ceux que ça intéresse encore, ce que voulait écrire ma mère aujourd'hui morte.

Je le dirai pour ne pas que cette histoire reste en l'air indéfiniment ou pour faire plaisir à Aline, je ne sais, ou encore parce que mon père en sera content, le vieux compagnon d'un coup amputé coupé en deux, ou bien parce que c'est un moyen de parler d'elle, ou que je ne vois pas sans ça comment je pourrai passer la nuit qui vient, avec cette très ancienne et très intime, très terrible blessure qu'a rouverte en moi la mort de ma mère, blessure du premier homme, du premier fils de femme. Ma mère est morte et j'y crois sans y croire, et je vais parler tant et tant qu'au bout du compte je ne saurai même plus et vous pas davantage si c'est elle qui est morte ou le père Moreau ou bien encore moi, enfant perdu abandonné qui tremble d'effroi et appelle dans la nuit des temps.

LUNDI 25 OCTOBRE 1981

L'histoire de la mort de ma mère commence le lundi 25 octobre, au moment où elle vient d'écrire *Chaque fois le père Moreau.*

En vérité, il faudrait remonter beaucoup plus loin, quand sa propre mère est morte, Alida Prieur, veuve Lévêque, et la mère d'Alida Prieur, Henriette Normand, et la mère d'Henriette Normand, une Dechaine, Marie peut-être bien, de la Torserie, et ainsi de suite sans doute, de mort en mort, jusqu'au premier enfantement, jusqu'à la première naissance d'un petit d'homme et de femme portant déjà la mort en lui.

Mais enfin, nous sommes le lundi 25 octobre 1981, et ma mère à sa table brouillonne l'histoire de la succession Moreau. A propos de table, elle venait d'en acheter une, copie XIXe de Louis XIII, bois noir et pieds torsadés, deux profonds tiroirs, dessus de cuir, une vraie table d'écrivain — je devais même aux prochaines vacances apporter de Mortcerf une chaise qui va avec. La table, elle l'avait placée devant la cheminée de la chambre du fond, là où depuis quelque temps elle s'installait pour « travailler », comme elle commençait à dire depuis qu'elle avait eu des Prix, qu'elle fréquentait chez Chancel et chez Pivot, que ses *Demoiselles* avaient passé l'été au soleil des hit-parades. Je suis bien sûr que ce n'était pas là l'idée qu'elle se faisait

From: Dr. P. A. Knowlson

I think he probably meant 10 years too old

There's a [illegible] came to reflect the latter

du travail, malédiction biblique, le plus clair de ton temps à la sueur de ton front, contrainte écrasante, exploitation des uns par les autres, etc. Si elle disait « travailler », c'était peut-être seulement parce que c'est un mot qui a fait ses preuves et qu'on prend au sérieux, que ça l'autorisait à s'enfermer un peu pour rêver ses histoires. En tout cas, sa table de travail, sa vraie table d'écrivain, elle en a bourré les tiroirs, elle a disposé sur le beau cuir son stock de papier — des copies doubles façon lycée, achetées à la Coop pour tout dire. Puis quand tout a été prêt, elle a tourné le dos à sa vraie table d'écrivain et s'est installée à côté, à la vieille table de cuisine de la grand-tante Penigault, avec son tiroir à pain et sa patine d'anciennes godailles.

Elle était donc là, au beau milieu de sa phrase, quand le téléphone a sonné. Le père Moreau en est resté à *chaque fois* et elle est sortie répondre. Le téléphone, à Tillou, est installé dans le couloir, aussi mobile et pratique que du temps où les postes étaient fixés au mur et où on tournait la manivelle. Quand ça sonne, genre alarme d'aéroport, on est toujours ailleurs : dans le jardin, et il faut alors traverser la cour en cavalant et lâcher l'un après l'autre ses sabots sur le seuil ; dans les chambres du haut, et on se jette dans l'escalier en rebondissant d'un angle à l'autre ; au bout de la maison, et si le parcours est simplifié, mieux vaut ne pas compter les portes à ouvrir et à fermer au vol — encore heureux, quand on arrive enfin, si le correspondant n'a pas déjà raccroché. Une sonnerie de téléphone, à Tillou, c'est toujours un peu un branle-bas, dramatique comme un télégramme — *mon Dieu, il est arrivé quelque chose aux petits.*

Ce jour-là, c'était son éditeur. Il venait de lire les cent trente-sept premières pages du manuscrit et trouvait que l'histoire avançait bien, qu'il fallait continuer comme ça. Elle était si contente, ma mère, qu'elle nous a appelés, les trois enfants, l'un après l'autre, pour le dire. (Depuis qu'elle gagnait de l'argent avec ses livres — son « travail » — elle n'hésitait plus à téléphoner, n'attendait plus qu'il soit vingt heures passées pour bénéficier du tarif réduit.) Normalement, nous dit-elle, elle aurait terminé pour Noël et le livre pourrait sortir en avril. Elle serait tranquille pour les grandes vacances. Restait à trouver un titre, mais on chercherait plus tard, ou bien il viendrait tout seul.

Mon Dieu, l'ai-je assez complimentée ? Encouragée ? N'ai-je pas été un peu trop bref au téléphone, avec autre chose en tête ou je ne sais quoi sur le feu ? Comment est-il possible que je n'aie rien pressenti ? Quand votre mère est morte, je peux vous le dire, les regrets vous mangent le foie, et les yeux, et le cœur, avec leurs becs charognards, et vous ne pouvez rien faire, et la seule chose à faire est peut-être encore d'écrire si on peut, comme ces vieux chiens fidèles hurlant à la mort près du cadavre de leur maître, d'écrire à la mort assis sur votre derrière sous le ciel vide, d'écrire tant qu'il y a des mots en vous, et si c'est impudique, je serai impudique pour la première fois de ma vie, impudique et hurlant mes mots d'encre dans la nuit, la gorge à vif, et que celui qui n'a jamais pleuré me jette la première larme.

Ce lundi-là, toute contente, elle n'est pas retournée avec le père Moreau.

Le lendemain mardi, alerte. Elle épluchait des pommes de terre à la cuisine et s'est affaissée d'un coup. Médecin tout de suite. Hypoglycémie, hypertension, piqûres, médicaments. A cause de l'escalier, on l'a installée en bas, dans la chambre du fond, celle où elle travaille.

Mercredi, jeudi. Elle ne peut s'alimenter, mais mon père nous téléphone qu'elle se remet, qu'elle va mieux. Avec ce téléphone dans le couloir, nous ne pouvons évidemment lui parler à elle. Le médecin n'est pas trop inquiet, et il vient autant pour l'amitié que pour les piqûres — en ont-ils, elle et lui, échangé des histoires ! Tout leur était bon, champignons, paradis, remèdes à guérir et à mourir, miracles en tous genres, légendes de pauvres gens.

« Docteur, lui dit-elle le jeudi, je crois bien que je m'en suis sortie encore une fois. »

J'y pense : je ne l'ai jamais vue couchée malade. Sauf à Paris, il y a neuf ans, quand elle a été opérée pour un cancer, mais c'était dans une chambre vert clair, avec des tuyaux, des infirmières et des fleurs de circonstance, une chambre justement faite pour les malades. Chez elle, je veux dire, dans sa maison, jamais je ne l'ai vue couchée malade, malgré le cancer, malgré le diabète, malgré toutes les fatigues et toutes les fièvres de passage. Bien trop fière. Nous l'a-t-elle assez répété, le leitmotiv de sa tante Adeline : « Marguerite, tiens-toi droite ! » Le chapeau et les gants pour aller dans la rue, les misères dans la poche et le mouchoir pardessus.

Le vendredi matin, elle a demandé à mon père un peu de lait et une poire. Elle était reposée et pensait être sur pied le lundi 2, quand arriveraient les petits-enfants pour les vacances de Toussaint. Le lundi suivant, le 9 novembre donc, elle devait partir pour Pougues-les-Eaux, centre spécialisé dans le traitement du diabète.

Quand elle termine son quartier de poire, il est 8 h 45. C'est à ce moment qu'elle a un hoquet de sang et qu'elle meurt, ma mère.

VENDREDI 30 OCTOBRE

« Un malheur est arrivé », commence Françoise, ma sœur de Niort, que mon père a prévenue à défaut de me trouver, moi l'aîné. (Je reviendrai à Charles Brunet, mais il faut attendre un peu, parce que si j'en finis maintenant avec Charles Brunet, je n'aurai plus de raison d'écrire ici.) «Un malheur est arrivé », dit Françoise. Déjà j'ai compris. Elle dit encore, elle est très brave, Françoise : « C'est maman. » Sa voix se casse. « Elle est morte. »

Autoroute. Je voudrais à la fois être déjà là-bas et ne jamais y arriver. Tant qu'on ne voit pas ce qui est, on peut toujours faire comme si ce n'était pas vraiment vrai.

« Un malheur », a dit Françoise. Vieux mot galet usé poli d'avoir tant servi, passant de mère en fille avec les trousseaux et les secrets de femme. C'est le masque de la mort, son écrin, sa prévenance, son page. « Monsieur Malheur est arrivé ! », annonce l'huissier, et voilà, on sait que Madame Mort est dans son ombre.

Ce qui me hante, c'est l'idée qu'elle a souffert, qu'elle est morte en sachant qu'elle mourait, mon Dieu faites que non. Avec nous tous autour, et l'heure venue, je veux bien, nous lui tenant les mains, disant à ses mains et à ses yeux que nous sommes avec elle, et qu'elle n'ait pas peur, comme le laboureur sentant sa fin prochaine et rassemblant son petit monde pour le dernier conseil et le dernier soupir, ou comme sa Servane Brunet, morte d'une mort légère, assoupie un soir comme les autres, un soir et pour toujours.

Dans une station-service, je m'arrête devant une glace, cherchant sur mon visage ce qui a changé. Une manière de se retrouver en face de soi ?

Les gens, autour, ont des têtes de gens.

Sur la banquette arrière, les petits somnolent. Kilomètres. Litanie des images d'enfance.

Notre-Dame des tisanes, priez pour ma mère.

Notre-Dame des cataplasmes, des thermomètres et des oranges, priez pour elle.

Notre-Dame des mains fraîches sur le front, des lits bordés, des bouillottes et des édredons, priez pour elle.

Notre-Dame des épaisses tartines, Notre-Dame des œufs en neige, Notre-Dame de tous les desserts, priez pour elle.

Notre-Dame des chagrins consolés, Notre-Dame des il-était-une-fois, priez pour elle.

Notre-Dame de son lit le matin, priez pour elle.

Notre-Dame des mères très fâchées et des gros yeux terribles, priez pour elle.

Un soir, je pouvais avoir sept huit ans, j'ai insulté ma mère. Mon père alors m'a giflé, première et dernière fois, baffe de haute justice, de celles qu'on n'oublie pas, la preuve. Il fallait encore demander pardon, et je ne voulais pas, chacun dans son rôle. Ils m'ont accroché à l'épaule une musette de traînechemin, avec un quignon et un bout de saucisse, puis ont ouvert la porte :

« Tu rentreras quand tu seras décidé à demander pardon. »

Sur le seuil, la nuit et l'hiver montraient les dents. Normalement, j'aurais dû attendre un peu en reniflant, puis toquer pour rentrer. J'aurais demandé pardon en baissant les yeux. « Allez, aurait-elle dit, viens m'embrasser et on n'en parle plus. » Puis elle aurait demandé gravement tendrement : « Qu'est-ce qu'on fera de toi, dis ? », avant de passer aux choses sérieuses : « Tu n'as pas attrapé froid, au moins ? » Mais ce jour-là n'était pas comme les autres, c'est le jour où j'ai insulté ma mère, et je suis parti sur le chemin de terre, j'ai rejoint la route. Absence d'éclairage public ou black-out, je ne sais, mais la nuit était nuit, et il n'y avait pour me guider que les traits jaunes encadrant les volets tirés, de part et d'autre de la rue... Mon père, ouf, m'a rattrapé avant que le village ne se termine. Il m'a ramené dans la bonne lumière, dans la bonne chaleur, dans la bonne odeur de la soupe qui attendait sur un coin de la cuisinière, buée aux carreaux et larmes aux yeux, chez nous.

Je ne sais plus si je l'ai dit à l'époque, mais en tout cas pardon maman.

Gestes, moments. Je la vois, ma mère, à la ferme, plumant l'oie, dépouillant le lapin qui tressaille encore, portant à pleins seaux « la beurnée aux gorets », servant aux voisines le lait chaud tiré, cuisinant pour les longues tablées des grandes occasions, moissons ou autres.

Ou encore entre nous seuls, penchés sur ma collection de timbres pour identifier un Merson

3 francs lilas ou un Napoléon tête-bêche, feuilletant ensemble *L'Illustration,* mettant sous verre des images colorées qu'elle accrocherait dans nos chambres — moi, j'avais un pêcheur d'éponges la tête en bas au bout d'une corde lestée, tout bleu-vert —, ou quittant ses lunettes pour rapetasser un talon de chaussette, ou éprouvant à sa joue la chaleur du fer, ou s'agenouillant parfois le soir près de nos lits, nous laissant une provision de tendresse pour la nuit.

Ma mère au verger, un jour où des amis étaient venus, sans doute un dimanche. C'était l'été, l'après-midi. Nous étions dans l'herbe, assis couchés, nous tressions des couronnes de fleurs, coquelicots, marguerites et je ne sais quoi, des couronnes de fleurs, de mots, de rires, heureux j'en suis sûr. Les jambes de côté, appuyée sur un bras, ou à genoux pour avoir les mains libres, ainsi se tient dans mon souvenir ma mère au verger, ma mère au centre du monde, et nous lui portons de gros bigarreaux à chair noire, nous lui faisons des pendants d'oreilles à notre mère droit venue du Moyen Age, avec ses gestes de tous les jours et de toujours, et ces couronnes, et ce soleil d'après-midi au verger des origines.

Heureux aussi sans nul doute pour cette messe de minuit, mon premier minuit dehors, et alors que nous revenons de l'église, nos pas sonnent sur la terre gelée du chemin, nous nous donnons la main le bras pour ne pas nous perdre, et pour nous tenir chaud, et pour être ensemble.

C'était l'époque où mon père et ma mère avaient un code pour s'appeler d'un bout à l'autre de la grande bâtisse où nous habitions alors, un sifflement à trois notes qui voulait dire : « Où es-tu ? », ou : « J'arrive ! », ou : « Cherche-moi ! », ou peut-être bien : « Je t'aime ». Moi qui ne savais pas siffler, je trouvais ça formidable, même si mon père sifflait un petit peu faux. C'était juste après la guerre, ou juste avant, cela n'a pas d'importance.

Savait-elle, ma mère du verger au soleil, ma mère du chemin gelé sous les étoiles blanches, savait-elle que je garderais le souvenir de ces moments-là et que j'y penserais le jour de sa mort ? Peut-être avait-elle fait pour ses enfants d'autres projets de souvenirs ? Je ne sais, ceux-ci me conviennent.

Je laisserais bien l'autoroute ainsi m'engourdir, d'une image heureuse à une image heureuse, les choses n'étant plus que ce qu'elles étaient, mais des sortes d'éclairs me déchirent parfois. Orléans, Tours, Poitiers, Lusignan, ma mère au bout du chemin.

Nous ne la verrons pas. On l'a déjà mise en bière, à cause de ce hoquet de sang qui l'a surprise, et il n'y a dans la chambre du fond, près de sa vraie table d'écrivain, qu'un cercueil de chêne sous un drap noir frappé de larmes d'argent.

C'est bien un peu à mon tour de veiller ma mère.

Mon père a immobilisé le balancier de la pendule. Il est 8 h 45 pour toujours, et le silence est terrible.

Si tu avais bien voulu dire, au moins, que tu étais malade à ce point, nous t'aurions soignée, nous tous, ton mari, tes enfants de chair et les autres, nous t'aurions arrachée à ton mal, même dans ce que tu craignais le plus, les horreurs et les trahisons du corps. Je sais bien que tu n'aurais pas voulu, que tu n'acceptais pas l'idée de la déchéance physique — « Marguerite, tiens-toi droite ! » — mais nous l'aurions fait quand même, comme tu l'as fait pour ta propre mère. Et puis voilà. Sans doute savions-nous que tu ne prenais pas toujours les médicaments que ton mari, scrupuleusement, te préparait selon les ordonnances. Tu te méfiais de toutes ces chimies et relisais tes livres à tisanes, rêvais de la fois où un guérisseur de passage avait frotté d'un peu de salive et conjuré d'une formule mystérieuse la grosse verrue que tu portais à la main. La verrue en une nuit t'avait passé. Oh ! la belle histoire. Que tu aimais quand les choses de la vie des hommes échappaient ainsi aux logiques froides ! Tu ne prenais pas toujours les médicaments que te prescrivait ton ami le médecin — on en retrouvait un peu partout — mais cela ne nous paraissait pas plus grave que si tu avais seulement voulu le taquiner, et nous avec. Et puis, tu avais une telle confiance dans la vitalité des êtres, dans la vie en somme, que tu nous avais convaincus. C'est aussi que nous ne demandions qu'à l'être. Même avec cette histoire de cancer, il y a dix ans, je n'ai jamais cru possible que tu meures avant d'être vieille, très vieille, si vieille que je serais vieux aussi et que la mort alors ne serait pas cet arrachement. Peut-être ne sait-on jamais vraiment que sa mère mourra. C'est l'histoire de la ligne d'horizon, toujours plus loin, jusqu'au jour où le sol soudain nous manque.

Un chien et une chouette dans la nuit se répondent, et la maison craque. Tout ceci n'est hélas qu'une histoire de vie qui va, de chien et de chouette qui se répondent au loin, d'un destin soudain basculé dans le gouffre du temps et d'un type qui cherche en lui des prières oubliées comme si cela devait y changer quelque chose. Il faudrait avertir les jeunes gens : méfiez-vous de la ligne d'horizon.

Des morts, pourtant, j'en ai connus.

Je ne parle pas de ces lointains grands-oncles et grand-tantes qui tombent avec nos dents de lait, et sans guère plus de mal. Mon premier vrai mort fut je crois Marcel Cerdan, disparu avec la violoniste Ginette Neveu dans cet avion éparpillé sur je ne sais plus quelles Açores. Qu'un homme si fort, au plus fort de sa force, fort en outre de sa volonté de revanche et allant rendre sa justice, pût mourir ainsi m'avait bouleversé.

On s'endort un soir et on apprend le lendemain que Marcel Cerdan est mort ! Mort avant d'avoir pu reprendre au Taureau du Bronx son titre de champion du monde, perdu sur blessure : l'événement restait pour moi sans explication. Mais ce qui donnait surtout à penser, c'était que le sort du meilleur poids moyen du monde se fût trouvé lié à celui de cette violoniste fragile et sublime, sorte de contraire idéal du Bombardier de Casa. J'y voyais comme une gourmandise du destin. Manifestement, il y avait manigance et préméditation. Je sais depuis ce jour-là que la mort n'est pas innocente. Ma mère m'avait dit que si tant de gens aimaient mon Cerdan, c'était comme s'il n'était pas vraiment mort. N'empêche, j'étais inconsolable.

Par la suite, j'en ai vu mourir bien d'autres, comme Richard Cœur de Lion d'une flèche dans le cou devant un minable rempart pour une minable affaire, Saint-Louis à Tunis et le Grand-Ferré et le soldat de Marathon et le trois-quarts aile de Montferrand Phlipponeau frappé par la foudre pendant un match, quelle histoire encore celle-là !

et John Kennedy

et Van Gogh, le pauvre

et Lawrence d'Arabie à fond sur sa moto

et mon copain journaliste Jean-Baptiste Deen pendu par Sékou Touré

et Rimbaud jambe coupée dans cet hôpital de Marseille

et l'immolé de Prague Jan Palach

et Mozart

et Flora Tristan à Bordeaux

et ce duc d'Aquitaine parti user ses péchés sur le chemin de Saint-Jacques, arrivant à Compostelle au matin du vendredi saint et mourant pile au pied de l'autel

et ce républicain de la guerre d'Espagne touché comme en plein vol et dont j'ai gardé la photo pendant des années, et ces soldats napalmisés ratatinés sous leur casque dans le Sinaï, et les cinq cents morts de Fréjus

sans parler de tous ces morts des journaux et des livres, morts de faim, de froid, d'amour ou de guerre, peuple des morts de ma vie aujourd'hui convoqués pour escorter ma mère dans le silence des pendules muettes.

Dans certaines régions, on voile aussi les miroirs, on prévient les abeilles, on ôte une tuile du toit, que l'âme du défunt puisse quitter la maison ; on dit que cela peut prendre trois jours. Trois jours, c'est le temps qu'a duré la mort du Christ, avant sa résurrection. La seule histoire de mort qui finisse bien.

Finira-t-elle jamais, l'histoire de la mort de ma mère, ma mère ici enclose dans l'éternité obscure de sa boîte de chêne ? Je veux bien prier Dieu de toutes mes forces pour que cela ne soit pas vrai, Dieu lui-même ne peut rien contre la mort de ma mère.

SAMEDI 31 OCTOBRE

Le coq relève la chouette et c'est le matin, un de plus pour le vieux monde, le premier sans ma mère.

Dans la cuisine, la famille serre les rangs comme une garnison décimée.

Les amis vont arriver et il faut s'organiser — combien de pain acheter ? reste-t-il du café ? où commander les faire-part un samedi ? Partout, au bout de chaque mot, de chaque geste, nous nous cognons au vide.

Chef-Boutonne. En cette veille de Toussaint, le marché du bourg est voué aux fleurs. Des chrysanthèmes par centaines font de l'ancien foirail un parterre un peu fou, une exposition de couleurs n'importe comment ; il en ruisselle même des camionnettes qu'on décharge. Ces jaunes et ces mauves lumineux me font penser à un cantique de femmes au fond d'une abbaye. Ciel et silence doucement gris. Les acheteurs font gravement leur choix et s'en repartent le pot au creux du bras, la couleur sur le cœur, d'une démarche pour ainsi dire mystérieuse. C'est beau comme ailleurs — on dirait un de ces rituels ethno-exotiques que les magazines de dépaysement offrent en photo à leurs abonnés des grandes banlieues sans mémoire.

Je m'attarde en cette heure à la lente fête des fleurs de deuil parce que je sais que ma mère l'aurait aimée. Elle était toujours prête à exalter cet unisson qui, accordant parfois le destin des gens aux hasards du monde qui va, paraît donner un sens aux choses. « Au matin », écrivait-elle ainsi dans *Nous n'irons plus au bois,* « un homme trouva la belle auto cabrée contre le tronc d'un merisier fleuri en bouquets, dont la blancheur semblait continuer celle du chemin poudreux. [...] L'homme dit qu'à son premier regard, c'est de la carrosserie dressée qu'il avait cru voir sortir la gerbe splendide. Le beau Lexandre était resté à son siège, la poitrine défoncée. Mon père dormait sur le bord du fossé ; les pétales de fleurs lui avaient fait une jonchée de Fête-Dieu. On parla tant de l'arbre devant moi que j'ai longtemps cru l'avoir vu. Et que j'ai encore le cœur serré devant les merisiers en fleur. »

Le cœur serré à mon tour, je dédie à ma mère les chrysanthèmes de Chef-Boutonne rassemblés ce matin comme pour elle.

C'est ce jour-là qu'Aline m'enjoint de « finir le livre que Mamie a commencé ». Mon père et mes sœurs souhaitent que soit publiée, d'une façon ou d'une autre, l'histoire de Charles Brunet :

« Elle y a tant travaillé, dit Françoise.

— Elle en attendait tant, dit Geneviève.

— Elle serait contente », dit mon père.

Cérémonie pieuse, sans doute, tentative éperdue de faire comme si tout continuait, mais il me paraît aussi qu'il y a dans l'histoire de Charles Brunet quelque chose qu'elle voulait nous dire, une sorte de mot de passe, une recette pour aider à vivre.

Je suis parfaitement capable de considérer sans

m'effondrer ce cercueil aveugle, de formuler dans ma tête *ma-mère-est-morte-elle-ne-reviendra-jamais,* mais dès que, au téléphone ou face aux visiteurs, j'ai besoin de ma vive voix, mon corps me trahit. La gorge se ferme, la voix se noue, se perd, les yeux se noient. Une sorte de vague profonde ou de volcan est à l'ouvrage en moi, comme un tremblement de cœur. « Nous ne pleurons pas », dit mon père à une cousine. Mais si j'ai des fuites, moi, une voie d'eau...

Je, je, je. Comment en suis-je, alors que je voudrais ne parler que d'elle, à tirer ces rafales de je ?

En vérité, et ce remuement au fond de mon corps n'a pas d'autre sens, nous sommes elle et moi de même chair et de même mémoire, et parler de moi c'est aussi parler d'elle. Je suis son enfant, la chair de sa chair, son premier fruit et son prolongement. Quand elle m'attendait — nous l'a-t-elle assez raconté ! — elle contemplait l'image d'un saint Jean-Baptiste en berger d'âmes gracieux sous ses boucles sages, persuadée confusément que son fils à naître lui ressemblerait si elle s'appliquait avec assez de ferveur. Toutes les recettes, elle les connaissait, et toutes les prières pour que son enfant soit un garçon ou une fille, avec les yeux comme ci ou comme ça, et sans doigts palmés et sans envie, et si possible, ô sainte Marguerite ma patronne, ressemblant à ce saint Jean. Total, au bout de tant d'attente, et tout juste pour ses vingt ans, elle eut ce gros bébé braillard qui, paraît-il, tétait comme quatre et ne laissait à personne sa part de caprices ou de bêtises. Oh, ce n'est pas que je m'attendrisse, mais c'est par moi que cette femme encore enfant est devenue mère, et — que mon père me pardonne ! — ce cordon coupé entre nous a dû la laisser aussi seule que moi.

C'est ainsi que me voilà aujourd'hui, à l'âge des premiers grisonnements, sa chair restée vivante, et elle est ma chair devant moi sans vie que des gens au visage défait viennent asperger d'eau bénite et qu'on portera en terre demain.

Tout enfant sans doute meurt avec sa mère.

Sur la table de la grand-tante Penigault, mon père a placé *Nous n'irons plus au bois* et *Les Demoiselles de Beaumoreau.* « Lisez-les », semble-t-il dire, lui, l'homme des silences et des pudeurs, « lisez-les et vous saurez qui elle était, et vous saurez qui nous perdons. »

Comme il est fier d'elle ! En quarante-sept ans de vie ensemble, ils ont dans leur attelage trouvé chacun sa place et son rôle, voués et dévoués l'un à l'autre, combinant le trop et le manque, rêvant à deux voix aux heures difficiles ou s'entrepardonnant de bon cœur les misères et les meurtrissures des mauvais jours.

Ecrire ! Elle nous avait bien dit qu'en son temps elle était « plutôt bonne en français », mais nous la regardions battre l'omelette ou reprendre les ourlets sans imaginer un instant qu'elle avait ainsi des livres en elle. Il aura fallu ce cancer ; quittant l'hôpital, elle s'est arrêtée un instant comme pour se regarder passer : « J'étais devenue une vieille femme aux mains vides. » Derrière elle, « ces journées de lessive, de cuisine, de ravaudage, de soucis terre à terre, de courses de fins de mois ; ces nuits de demi-sommeil peuplées de soupirs d'enfants, de glissements de couvertures, d'inquiétudes pour les uns et les autres... » Etait-ce cela, vivre ?

« J'ai beau mettre bout à bout, ajoutait-elle, ces jours et ces nuits-là, additionner toutes ces heures englouties dans la mer grise du temps perdu, du temps passé, je n'y trouve pas mon compte. »

Quelles exigences, aussi ! Je ne crois pas qu'elle se soit jamais résolue, ma mère, à accepter cette lente dérive qui éloigne jour après jour la vie qu'on vit de la vie qu'on rêvait de vivre. Ah ! ces promesses que nous portions en nous et que nous mûrissions, les yeux ouverts dans la nuit, au creux de nos dortoirs glacés d'adolescents ! En ma mère un feu couvait, celui-là même qui fait se dresser les enfants et les peuples. Elle ne s'est jamais résignée, mais on n'a pas le temps que déjà voici l'autre rive, mon Dieu, comment est-ce possible, et moi qui voulais apprendre le tissage, et la poterie, et la reliure, moi qui rêvais du Nil, moi qui voulais écouter Mozart...

De plus tard en plus tard, il est bientôt trop tard. Elle avait soixante ans, les cheveux gris et, à ce qu'elle disait, « les mains vides ». Les enfants étaient trop loin, la maison trop grande et les roses elles-mêmes, certains soirs, ne font que rendre plus aiguë la vanité des jours pour rien. « Le temps me dure », nous écrivait-elle parfois, mélancoli-mélancola.

C'est alors qu'elle a ressorti le cahier vert relié Vélin d'Angoulême naguère acheté pour faire des économies sur deux colonnes et vite devenu fourre-tout : « Penser à l'engrais pour le bégonia Rex... 15 mars, mis couver 13 œufs sous la poule rousse... 21 heures, émission France II... »

Elle a tiré un trait et s'est lancée : « Ces pages blanches me fascinent ce soir. Et si j'essayais d'y faire chanter des mots ? J'y raconterais un à un les menus trésors de nos vies quotidiennes, nos soucis sans grandeur, nos histoires ordinaires, entre la joie des matins et les larmes faciles du soir… Notre pain de chaque jour… »

En 1979, elle m'envoie le manuscrit de *Nous n'irons plus au bois*. Je fais suivre à Paris. Un éditeur le refuse en trois semaines, un autre le prend en une nuit. Contrat, épreuves à corriger, *Marguerite Gurgand* sur la couverture, service de presse, train en première classe s'il vous plaît, nuits à l'hôtel et même un restaurant chinois. « C'est Reine d'un jour ! » disait-elle pour rire.

Mais non, c'était vrai. *Le Point, Le Monde, Le Nouvel Observateur, L'Express,* sans compter *Rustica* en ont parlé long comme ça, et Chancel a radioscopé le nouvel auteur — « vous m'intimidez avec tout votre bazar ! » dit-elle au micro. Mais en vérité, elle prenait tout ça avec un naturel confondant. Elle avait pondu un livre, bon, voilà, et puis après ?

Je pense à cet enfant gallois de noire vallée, né mineur et sans autre horizon que la mine et le fond ; par miracle il rattrapa un jour un ballon de rugby et l'enchanta aussitôt. Avec son nez de travers, ses genoux cagneux, son allure de pauvre à perpétuité, sa drôle de façon de courir comme en s'essuyant les pieds sur le paillasson du bureau d'embauche, humble parmi les humbles, il est devenu le meilleur de sa vallée et bientôt de son pays. Comme je l'aimais, ce Phil Bennett, maillot rouge n° 10, quand du geste le plus juste ou d'un coup de génie en passant, il jetait sans avoir l'air d'y toucher sa vive lumière personnelle sur les camps retranchés. Alors se levaient dans l'Arms Park les grands chœurs à quatre voix — on savait bien, aux populaires, que Phil Bennett représentait là tous ceux qui n'avaient jamais eu l'occasion de dire qu'ils existaient. J'ai vu il y a peu une photo de lui en prince-de-galles trois pièces, quittant, comme avec l'air de s'excuser, son pavillon cossu de Llanelli ou de Pontypool parmi une nuée de gamins — les enfants savent bien qui sont les vrais héros. Je suis content pour lui. Mais s'il n'avait jamais, Phil Bennett le mineur, tenu dans ses mains un ballon de rugby ?

Ainsi de ma mère. Elle avait attendu soixante ans, mais le feu qui couvait en elle brûlait maintenant en flamme claire.

Son deuxième livre, *Les Demoiselles de Beaumoreau,* elle l'a écrit dans la foulée, l'hiver suivant, sur des bouts de page, sur des coins de table, et mon père l'a recopié de sa belle écriture calibrée, pas plus étonné que ça lui non plus.

Je les vois, elle et lui, les pieds aux chenets, la nuit aux volets, discutant pour décider si le tisserand partira derrière Napoléon ou si on ne pourrait pas s'arranger quand même pour qu'il épouse Marie-Aimée.

Il s'agissait cette fois de raconter l'histoire de trois sœurs comme on n'en fait plus, chassées de Saint-Domingue par la révolte des esclaves, débarquant à Tillou en 1804 et cherchant à redonner un sens à leur vie en expiant les fautes des pères :

« C'est l'histoire du paradis perdu, lui dis-je un jour.

— Tu crois ? Penses-tu... Des histoires de vieille femme... »

Nous gardons tous au cœur le souvenir d'évidences mystérieuses et indicibles, impossibles souvenirs nés dans la nuit des hommes, mais elle avait, ma mère, par privilège, le pouvoir d'en susciter l'écho chez ceux qui la lisaient. Sans doute faut-il y voir l'une des raisons de l'improbable succès de ses

Demoiselles, Prix Ceci, Prix Cela, des semaines durant dans les listes de best-sellers. « Devant d'Ormesson, Tournier, Norman Mailer, tu as vu ? me téléphona-t-elle une fois. Tu es sûr qu'ils ne se sont pas trompés ? »

Moi, je ne l'ai jamais regardée à la télévision, ma mère, ni écoutée à la radio, ou si je l'ai fait, c'est entre mes doigts, en cachette de moi-même. Et pour lui dire du bien de son livre, il m'a fallu écrire un article dans un hebdomadaire à grand tirage dont elle était ce jour-là, parmi 2 252 000 fidèles lecteurs (enquête CESP 1981), la destinataire unique. Ainsi sommes-nous, dans la famille, et sans doute n'y est-elle pas pour peu, elle dont les déclarations d'amour se faisaient à la cuisine, nous préparant encore à chacun de nos passages et malgré sa fatigue et malgré nos régimes de quadragénaires, de la *pire* ou de la *sauce de poule,* de la *fraise de veau,* du *lait battu,* mots clés de nos tendresses, signes de notre alliance — *Mange donc, tu ne sais pas qui te mangera !*

Mondanités, petits fours, micros et ronds de jambe. « Comment », lui dit un jour une Madame la Présidente, « vous n'avez jamais fait la Grande Muraille ! Vous connaissez au moins Ceylan ? » Elle qui était allée en tout et pour tout à Lourdes, à Vézelay et au Mont-Saint-Michel ? « S'ils me voyaient à Tillou, avec mes sabots et mes bouillons de légumes... »

Mon père collectait les articles qui parlaient d'elle. J'ai le dossier là, énorme, catalogue à peu près complet de ce qui se publie en France, de *L'Espoir de Saint-Etienne* à *Lutte Ouvrière,* de *L'Officiel de la Couture* à *Paris-Match* en passant par *Le Bulletin des Lettres de Lyon :* « Marguerite Gurgand, lit-on dans ce dernier, est magicienne, elle fait revivre les morts, leur redonne du sang, des couleurs, des passions... » Sa manière, en vérité, consistait à raconter le plus simplement du monde l'histoire de gens d'ici qu'elle avait connus il y a cent cinquante ou deux cents ans, nos aïeux, nos frères, de très vieux morts qui nous ressemblent.

Je feuillette. « Ecrire, dit-elle dans une interview, c'est pour moi une façon de démêler ce qui me tient à cœur. » (*Le Courrier de l'Ouest*). « Une conteuse nous est née. » (*Le Monde*). « Une femme d'aujourd'hui qui parle d'autrefois, une femme d'autrefois qui parle d'aujourd'hui. » (*Le Nouvel Observateur*)... Ici, une critique méchante d'un méchant critique sur « cette littérature aux bonnes grosses joues couperosées » (*Le Quotidien de Paris*), là une superbe photo couleurs où elle porte le collier que lui a offert Guillaume, rare bijou fait de pâtes à soupe trempées dans du vernis à ongles, façon corail (*La Vie*)... Au hasard des citations, elle devient Marie Gurgand, Madeleine Gurgani, Fanny ou Martine, Marguerite Guigand, ou Gurgano, ou Gorgand, ou Burgand — c'est dire le mérite qu'on a, en cas de gloire, à rester soi-même.

« Marie », confiait-elle en rentrant de Paris à sa vieille cousine, « figure-toi qu'on m'invite au Canada...

— Pauvre folle ! la rabrouait son aînée, occupe-toi donc de ton homme et de ton ménage ! »

Nous qui avions pu craindre que la vie ne commence à se refermer sur eux un peu plus chaque jour, nous avions du mal à les suivre. Aujourd'hui une signature, demain une causerie dans un collège, après-demain une réception... Mon père, prince consort-grand-chambellan-chauffeur-secrétaire-ange gardien, suivait, précédait, avançait la chaise et inscrivait les rendez-vous, acceptant avec jubilation, le vieux complice, qu'on lui donne du *Pierre* long comme le bras — c'est ainsi qu'elle l'avait rebaptisé dans *Nous n'irons plus au bois,* lui qui s'appelle Gaston depuis soixante-dix ans!... A Tillou se succédaient les journalistes et les micros... Elle retourna à Angers voir ses amies de pensionnat quittées cinquante ans plus tôt, tout étonnée de trouver des feux rouges aux carrefours et des vieilles femmes au rendez-vous... Monta une fois de plus à Paris, reçut un bronze de Moretti, revit ses nouveaux amis, François, Jacques et les autres... Se rendit à Nantes où l'Académie de Bretagne l'invitait dans un hôtel menacé d'attentat... Sans doute, et c'est bien ma seule consolation, ont-ils été heureux de jouer ainsi aux quatre coins...

Un après-midi, j'avais déposé ma mère, avec l'attachée de presse de son éditeur, à RTL, où elle devait enregistrer une interview. Je m'étais garé un peu plus loin, à les attendre. Je les ai vues qui sortaient bras dessus bras dessous, ma mère et sa jeune amie, pouffant comme des nonnettes, allant dans le soleil clair, innocentes et radieuses... Si je n'avais pas couru derrière elles, qui m'avaient oublié, elles seraient peut-être arrivées au bout du monde sans se retourner...

France Inter et Antenne 2 viennent paraît-il en ce samedi d'annoncer que ma mère est morte. J'imagine le cliquetis des téléscripteurs, la dépêche s'imprimant lettre à lettre, imparablement : « L'écrivain Marguerite Gurgand... »

Un jour, je suis tout petit, je la regarde découper un lapin dans un plat de terre brune au bout de la cuisinière de fonte. Soudain, le plat glisse, le couteau dérape, elle s'entaille profondément l'index. Elle saigne, elle a mal, mais je vois bien qu'elle fait la courageuse pour ne pas que j'aie peur... Elle tortille un bout de chiffon sur son doigt ouvert et retourne à son lapin en parlant d'autre chose, exagérant son insouciance.

Peut-être cette fois aussi as-tu fait la courageuse, nous as-tu caché que tu n'allais pas bien, qui maintenant saura jamais ?

Elle a toujours un peu exagéré, ma mère. C'est ainsi qu'elle était, au fond : une exagéreuse. Mais quand même, cette fois... Mourir, elle n'avait jamais autant exagéré.

Nous l'enterrerons demain. Nous l'enterrerons demain. Qu'est-ce que cela veut dire *Nous l'enterrerons demain ?* Moi, je la vois découper un lapin en essayant de me faire penser à autre chose qu'à son doigt entaillé dont le sang imbibe déjà le pansement. Mais c'est pourtant vrai qu'elle est morte puisqu'ils l'ont dit à la télé et que nous l'enterrerons demain.

Oh ! je voudrais que ceci ne soit pas un bienséant discours, éloge funèbre de première classe, portrait sans ombre d'une sainte et noble femme.

Courant volontiers d'un bout à l'autre d'elle-même, impatiente, têtue, capable de faire mousser une querelle de rien comme pour en tirer une guerre mondiale, écartelée entre les tentations du Bien et celles du Mal, elle se disait bien placée pour juger sans illusion la nature humaine.

Elle aimait les gens pour leur fragilité et non pour leurs parades mirobolantes, elle était plus sensible à leurs ratages qu'à leurs médailles. Voyez ce pauvre

Charles Brunet, embringué dans sa dérisoire opération Réussite, accumulant, à force de courage et d'opiniâtreté, assez de succès pour faire de sa vie un gâchis mortel... Vous comprendrez ce que je veux dire quand j'aurai raconté ici la fin de l'histoire.

Misère de nous. Ma mère avait ce sens des pauvres gens de toujours, en proie à tous les mirages, à tous les vents des carrefours, à toutes les morts de rencontre, courant courant les pauvres fous derrière leur ombre, toujours espérant et toujours trahis, se relevant toujours des fossés de l'Histoire et repartant comme un seul homme pour quelques rêves de plus.

Misère de nous ! Et que mangerons-nous cet hiver ? Et qu'ai-je fait au Bon Dieu ? Nos hommes cette fois reviendront-ils de croisade ? On dit qu'ailleurs il fait moins froid et que dans les ruisseaux coulent le lait et le miel. Et ces sous-marins atomiques qui rôdent au fond des mers ? Et à quoi ressembleront nos fils ? Il paraît qu'à la fin du monde il n'y aura plus de pauvres, qu'il n'y aura plus de guerre, que la justice sera juste, que tous les hommes seront égaux et frères et que pendant mille ans ce sera le paradis sur la terre.

Misère de nous ! Misère de nous qui recevons la mort avec la vie

Qui voyons jour après jour nos cheveux blanchir
Qui mettons le matin nos graves masques importants

Et qui jouons aux numéros des loteries.

Misère de nous dont les seules certitudes après tout sont des souvenirs

Misère de nous qui sifflons dans le noir pour avoir moins peur et qui jetons des pierres aux pauvres loups des zoos

Misère de nous qui pleurons et inventons des prières et restons sans consolation quand notre mère vient à mourir.

Si Peau-d'Homme m'était conté...

Ces deux dernières années, elle avait reçu, ma mère, un courrier incroyable. Ils savaient bien, ses correspondants, qu'elle pouvait tout comprendre, côté misère. Les lettres arrivaient de partout, de tout le monde. « Chère Madame, je vous ai vue à la télévision... Chère Madame, j'ai lu votre livre... Vous ne me connaissez pas, mais... » Demandes de conseils, d'argent, de tendresse, remerciements : « Vous dites des choses que nous avons en nous et que nous ne savons comment exprimer... Ce que vous racontez, c'est exactement mon histoire... » Elle écoutait toujours, répondait, jamais lassée, jamais blasée, Aide à Toute Détresse et Radio Pauvres Gens, et quand nous lui disions qu'elle devrait bien se reposer un peu, ou qu'elle allait prendre du retard pour son livre, elle répondait que tout ça, c'était la même chose, sa fatigue, l'histoire de Charles Brunet et les misères des gens, et qu'elle aurait l'éternité pour se reposer.

A l'un des montants de la cheminée, derrière sa vraie table d'écrivain, elle avait affiché une formule de Péguy : « Les événements, dit Dieu, c'est moi qui vous rabote ou qui vous caresse, n'ayez pas peur. »

Au soir de ce deuxième jour sans ma mère, nous

nous retrouvons seuls, son mari, son frère, ses enfants, à regarder ce cercueil et ce drap noir frappé de larmes d'argent, et nous nous sentons rabotés terriblement.

DIMANCHE 1er NOVEMBRE

Le cœur à l'aube qui se vide soudain et se glace — c'est aujourd'hui que nous enterrons ma mère.

Quatre hommes vont venir, costumes gris ou noirs, on les appelle les porteurs, ce sont des gens d'ici, des amis, qui se sont proposés, Firmin et Michel Brosseau, Robert Beau, Dédé Broussard. Le fourgon va reculer dans la cour, jusque devant l'entrée. Les porteurs, l'air affairé, évalueront la commodité des ouvertures puis entreront dans la chambre du fond comme dans une église. Ils soulèveront le cercueil, deux à chaque bout, puis sortiront, à pas brefs à cause de la charge, glisseront ma mère dans le fourgon et arrangeront sur le chêne clair les plis du drap noir frappé de larmes d'argent. Mon père a demandé que ni fleurs ni couronnes, mais il y aura bien quand même quelques gerbes.

Autour, en demi-cercle, la parenté, les yeux rouges ou le visage figé, et mes petites sœurs, ces grandes femmes en deuil. Se salueront les cousins qui ne se sont pas vus depuis longtemps, depuis le dernier enterrement peut-être bien. Elle est partie si vite, dira-t-on, et comme elle va nous manquer. Peut-être aussi découvrirons-nous alors que c'est elle qui nous tenait ensemble, comme la clé d'une voûte.

Le chauffeur s'installera au volant du fourgon, et voilà, il n'y aura plus de raison de s'attarder.

Devant iront les hommes de la famille, puis les femmes, puis le cortège des amis et voisins. Au moment de quitter la cour, je regarderai pour elle ce qu'elle voyait depuis son banc de pierre : le jardin en face, avec son carré de fleurs à elle par-delà le muret de pierres sèches, le parc au fond, la vigne vierge rouge au mur de la grange et surtout, surtout, les grands arbres, le marronnier et les tilleuls, qu'elle avait connus enfant, qui faisaient le lien entre ses anciens et elle, et dont elle aimait l'ombre et la voix.

Nous irons par la grand-rue jusqu'à l'église, et le cortège s'augmentera en route de ceux qui attendront sur leur seuil. Nous marcherons à pas lents vers la voix de bronze qui au bout du village annoncera l'office des morts. Chaque pas coûtera, autant le savoir, et mieux vaudra éviter de penser au pas suivant.

Nous emplirons l'église et dirons les ferventes prières pour ces heures-là. « Souvenez-vous de notre amie ici présente, demandera le prêtre à Dieu, accueillez-la dans votre maison comme elle-même accueillait tous ceux qui avaient besoin d'elle. » A nous, il recommandera de ne pas désespérer.

Je dirai tout ce qu'il convient de dire, de chanter, de répondre, je m'agenouillerai, je me signerai, je serai l'un d'entre nous, sachant depuis toujours ces mots et ces gestes enracinés dans ma tête et dans mon corps, et j'implorerai humblement pour l'âme de Votre servante que Vous avez enlevée à notre affection. Ne la livrez pas, Seigneur, au pouvoir de l'ennemi et ne l'oubliez jamais, mais daignez ordonner à Vos saints anges de la recevoir dans Votre céleste patrie afin qu'après avoir cru et espéré en Vous, elle n'ait point à souffrir les peines de l'enfer, mais goûte les joies éternelles, par Jésus-Christ Notre Seigneur.

Je sais bien que les choses ont changé et que les prières d'aujourd'hui prient autrement. « Nous, les gens du troisième âge », avait déclaré ma mère dans une interview, « sommes un peu perdus devant tous ces changements. Il n'y a plus de confessions à Tillou, et une seule cérémonie pénitentielle pour tout le canton, à Noël... Y a-t-il encore des péchés ?... On ne se rend pas compte à quel point c'est terrible pour les gens âgés d'être dépouillés de tout ce à quoi ils ont cru... »

Plus de confessions ! Autant dire plus de péchés, plus de mal, plus de bien, plus de salut. Nous que l'Eglise avait si bien dressés à craindre, à obéir, à mériter, à espérer.

Les enfants aux petits matins des communions, les vitraux aux couleurs mystérieuses, les incantations, les odeurs d'encens, les aubes blanches, les extases et la vie éternelle au bout de la mort. Et les chapelets, les neuvaines, les rosaires, et les premiers vendredis du mois, et les Vierge très pure, Mère très chaste, Mère admirable, Miroir de justice, Siège de sagesse, Cause de notre joie, Rose mystique, Tour de David, Arche d'alliance, Porte du ciel, Etoile du matin, Consolation des affligés, *ora pro nobis...* Parce que Vous êtes infiniment bon, infiniment aimable et que le péché Vous déplaît... Donnez-nous notre pain de chaque jour... Je crois en Dieu le Père tout-puissant, créateur du Ciel et de la Terre... Maintenant et à l'heure de notre mort... Prosternés devant le trône de Votre adorable majesté, nous venons Vous demander, ô Dieu, la dernière de toutes les grâces, accordez-nous de mourir dans Votre amour... La vie est un passage, il faut mourir avant de renaître et de s'asseoir à la droite du Père...

C'est ainsi que ma mère était devenue elle-même, de credo en confiteor, de commandements de Dieu en actes de contrition, c'est ainsi qu'elle nous avait à son tour enseigné ce en quoi elle croyait, femme de devoir et d'espérance comme elle était, qui tenait du Christ sans doute — mort pour racheter nos fautes, nous l'a-t-on assez répété ! — ce sens du sacrifice, ce vertige des autres, le baiser aux lépreux et les calices jusqu'à la lie. Depuis quelque temps, je crois bien qu'elle ne traçait plus, de la pointe de son couteau, une croix sur le pain qu'elle entamait, mais je sais qu'elle croyait toujours au péché et au salut. Et c'est pourquoi je dirai pour elle, mêlant ma voix à celle de mes ancêtres, les prières qu'elle m'avait apprises et qu'elle savait depuis le Moyen Age, *requiem aeternam dona eis Domine et lux perpetua luceat eis.*

Ma mère, c'est une femme du temps où tout se mêlait, la religion, la morale, la politique, les saisons, les récoltes et la couleur des jours, la famille et la patrie, où la messe du dimanche étanchait notre infinie soif de sacré et de mystère, où la mort donnait un sens à la vie. On dit que ce temps-là a fait son temps et que Dieu n'est plus ce qu'il était, mais peu importe, et en ce jour où nous allons mener ma mère en terre, je suis prêt à toutes les prières et à tous les rituels, et que pleurent les pleureuses, et que prêche le prêtre, et que tinte la cloche de l'église, et que s'avance à pas lents le cortège dans la grand-rue de Tillou...

C'est l'aube et je m'imagine les porteurs revêtant leur costume gris ou noir, c'est l'aube et j'ai le cœur qui soudain se vide et se glace.

DIMANCHE 1er NOVEMBRE — SOIR

Tout est accompli.

Les porteurs ont descendu devant nous le cercueil au fond du caveau. Il fallait bien regarder la manœuvre cruelle, puisque nous n'aurions plus jamais l'occasion de voir ma mère, même dans son habit de chêne clair. Puis nous avons à tour de rôle après mon père jeté dans la fosse un peu d'eau bénite, puis il a fallu s'éloigner. Je crois bien qu'il faisait froid.

« Je voudrais ne plus être », dit Charlemagne sur le corps de Roland. Oh, cette tentation de disparaître aussi, de s'abolir au plus noir de la terre. Et tenez, j'aurais bien donné ma vie pour celle de ma mère, moi, marché honnête, qu'elle puisse vivre enfin, et sans les misères du corps, la paix de ses chères soirantes ou inventer d'autres histoires à raconter — elle avait attendu si longtemps... Mais je sais bien qu'elle ne s'en serait pas remise, de devoir survivre à ses enfants.

Ma mère est enterrée près de sa mère, Alida Prieur, dans ce coin de cimetière où nous les rejoindrons un jour, mon père, mes sœurs et moi. Nous avons l'esprit de famille.

Elle est enterrée là-même où, enfant, elle allait prier sur les tombes de ses chères Demoiselles de Beaumoreau. Quel bonheur qu'elle ait pu en transmettre la mémoire — « sinon, demandait-elle, qui l'aurait fait ? Qui les connaîtrait encore ? »

Sans doute avait-elle brodé un peu, elle qui aimait que « les histoires, comme les divisions, tombent juste ». Mais l'important était ailleurs : « Nous sommes du même village, et il est probable que nous dormirons dans le même cimetière, que nos poussières mêlées feront la même terre. Nous aurons alors l'éternité pour établir la vérité de nos vies. »

L'éternité... Comment vas-tu te débrouiller dans l'éternité, sans ton mari et sans nous, toi qui avais toujours perdu ton porte-monnaie quand appelait la trompe du boulanger ?

Au retour du cimetière, au bout de ce vieux chemin de douleur, de cette dernière conduite que font les vivants à leur mort, les cousins, les amis, les voisins sont venus nous embrasser, et alors que nous allions sans doute avoir peur, les enfants ont sorti les vélos et les ballons.

LUNDI 2 NOVEMBRE

Lundi nu. Que faire ? Que dire ? Nous accordons nos gestes et nos mots un peu maladroitement, comme si nous devions apprendre à vivre dans un nouvel élément.

Entreprenons timidement de trier ses papiers. Je trouve un mot griffonné : « M'en fous, le citronnier est fleuri. Maman (*morte en 1975*) avait attendu ça toute sa vie. Me demande si elle peut le voir. »

Une autre feuille : « Un mot très vite. Je n'ai même pas le courage... » C'est une lettre, sans date ni indication de destinataire. Je ne peux m'empêcher de lire, fasciné, horrifié : « Un mot très vite. Je n'ai même pas le courage de monter l'escalier pour trouver du papier à lettres dans ma chambre et j'écris sur la lancée de Charles Brunet. J'en suis au XIIe chapitre et je n'ai pas autant souffert pour enfanter mes enfants de chair.

« J'ai failli mourir cette nuit. J'ai dû faire une montée aiguë de diabète, est-ce que c'est ça leur fameux coma, je ne sais... Je suis contente parce que pour la première fois je n'ai pas eu peur de la mort. On est seulement aveugle, on flotte dans un monde sans pesanteur. Finalement, ça demandera peut-être moins de courage qu'on ne croit.

« Bon, à présent ça va. Un peu lasse, un peu vague, c'est tout. N'en parlons plus. »

Cimetière. Les cyprès, me dit mon père, ont gelé en 40, glacial hiver. Aujourd'hui, il soleille sur la tombe enfleurie. Pour le monument, mon père suggère que nous prenions le même que celui qu'elle avait choisi pour la tombe de ses parents, juste à côté, Edouard Lévêque (1880-1933) et Alida Prieur (1880-1975).

Ci-gît, de profundis, dies irae, requiem, rôdent en moi les chiens courants de la mort. Quelle vie est donc la nôtre, que la mort nous soit un repos ! *Requiescat in pace.* Au moins, c'est vrai, profites-en, repose-toi un peu, repose-toi de tes tourments, de tes fatigues, de tes régimes, de tes enfants, de tes brouillons, de tes cuisines, de tes peurs, de tes courages. Mon Dieu, que son âme au moins ne s'en aille pas errer on ne sait où, gémissante et glacée.

Et toi, dis, peux-tu voir le citronnier fleuri ?

MARDI 3 NOVEMBRE

Sur sa vraie table d'écrivain, nous trouvons cinq brouillons successifs du chapitre XII de l'histoire de Charles Brunet, celui qui se casse net à *A chaque fois le père Moreau.* Quand je pense qu'il m'est arrivé de reprocher à ma mère d'écrire trop facilement ! Je lui avais même montré le fac-similé d'une page du manuscrit de *Madame Bovary,* illisible à force de corrections, de surcharges, de reprises, de renvois. Je faisais le donneur de leçons — « je rature autant que Flaubert, moi, Madame ! » — sans savoir que sa désinvolture apparente était une élégance, qu'en réalité elle remettait des cinq fois l'ouvrage sur ce sacré métier.

Le père Moreau, donc, le marchand de chèvres devenu mystérieusement riche, avait vu tour à tour ses neuf neveux et nièces ainsi que ses deux concubines alternatives, rédigeant onze fois un testament qui garantissait toute sa fortune à chacun d'eux — mais chut ! pas un mot. Au jour de sa mort, on chercha en vain le moindre testament. Le notaire, pour sa part, n'avait entendu parler de rien, sinon de ces écus que lui portait *le père Moreau à chaque fois* qu'il se rendait au bourg. Une guerre sordide opposa bientôt les onze légataires uniques, chacun jurant être le seul héritier désigné. Chicanes, grandes manœuvres, menaces : on reconnaissait bien là le signe du Malin. L'or de la poule nègre

— en réalité, pour ce qu'en sait mon père, un trésor trouvé par le vieux dans un mur — portait malheur.

Maître Simon L'Aurant demande à Charles Brunet de prendre l'affaire en main. C'est la chance de cet ambitieux sous-employé. Il voit les uns et les autres, consulte les textes, étudie la jurisprudence et, pour finir, convoque tout le monde. Mais pas à l'étude : à l'auberge, pour un de ces impitoyables banquets comme on les aime à la campagne. Aux hors-d'œuvre, les héritiers s'épient ; aux entrées, ils s'accusent ; aux quenelles, ils se taisent ; aux viandes blanches, ils écoutent Charles Brunet ; aux viandes rouges, ils commencent à comprendre ; aux fromages, tout est clair : faute de s'entendre, aucun n'aura rien ; aux pousse-café, cramoisis, ils donnent mandat à Charles Brunet d'arranger leur affaire et, tous ensemble, boivent la « rincelette » à la santé du farceur posthume, ce sacré Poule-Nègre — c'est d'ailleurs lui qui paiera l'addition.

Le règlement de la succession Moreau, comme on l'imagine, fait grand bruit et, les jours de marché, c'est « le petit Brunet » que demandent les paysans venus arranger leurs affaires. Le notaire lui conseille de faire du droit par correspondance pour pouvoir progresser dans la profession. C'est alors que son ambition change de nature. Devenir premier clerc d'une étude médiocre ne lui suffit plus. Il se sent capable d'être notaire. Les examens ne lui font pas peur. L'étude ? Eh ! bien, il lui suffira d'épouser Servane, fille et héritière de Jacques Simon L'Aurant. La tendresse de grand frère qu'il éprouve pour elle suffirait sans doute à lui faire croire qu'il l'aime. Mais en vérité la question ne se pose pas : Servane fait partie d'un ensemble, et cet homme qui avance ne fait pas le détail.

Le mariage a lieu vraisemblablement en 1935.

Servane a alors dix-neuf ans et Charles Brunet vingt-cinq. Trois enfants naissent avant la guerre, Anne, Claire et Jean-Luc. La famille vit au bourg, Vincente restant seule au village.

Charles Brunet, qui n'est pas encore notaire mais a les pleins pouvoirs, fait marcher l'étude en même temps qu'il passe un à un ses examens de droit.

Chapitre XIII — La guerre

Charles Brunet, mobilisé, est fait prisonnier et passe quatre ans en Allemagne. La vie de stalag, l'attente. (Mon père, qui fut lui-même prisonnier, aurait très certainement fourni pour cette partie toute la documentation voulue.) Servane, qui élève les trois enfants, écrit chaque semaine, envoie des colis. Vincente l'aide autant qu'elle peut. L'étude végète.

A la Libération, et Charles Brunet de retour (je suppose que Servane, confiant les enfants à Vincente, est allée à Paris accueillir son mari à la gare de l'Est, comme ma mère fit pour mon père), le notaire, vieilli, compromis pour ses sympathies vichyssoises, lui abandonne l'étude.

Charles Brunet, à trente-cinq ans, atteint son but : il est notaire.

Chapitre XIV — La réussite

A force de travail, d'entregent, de compétence, avec son sens profond des réalités et des mentalités paysannes, Charles Brunet fait de l'étude une affaire florissante. Il a conquis l'argent et la considération : il a « réussi ». Notable, il respecte les usages et les rituels de sa nouvelle condition. Pour l'essentiel, ils lui garantissent que, dans un monde immobile, il est « quelqu'un ».

Ce monde, le moment est venu pour lui d'en vanter les vertus à ses enfants, de leur en transmettre les règles et le mode d'emploi. C'est alors qu'il s'aperçoit qu'il ne les connaît pas. Prisonnier des Allemands puis de son travail, il ne les a pas vus grandir, s'assurant seulement qu'ils ne manquaient de rien, laissant Servane s'occuper d'eux.

En 1950, Charles Brunet a quarante ans, Anne quatorze, Claire treize, Jean-Luc onze. Ils étudient dans des écoles privées, pratiquent le tennis, le cheval, le piano, bénéficient de tout ce que lui, seul avec Vincente, n'a pas connu. Mais si les filles s'appliquent à en profiter bien, le garçon est rêveur, incertain, trop grave pour son âge.

Quand Charles Brunet, aidé maintenant par des clercs qu'il a formés lui-même, prend un peu de temps pour « suivre » ses enfants d'un peu plus près, des heurts les opposent. Ces adolescents choyés qui parlent de refaire le monde, il ne les comprend pas. Que veulent-ils donc de plus que ce qu'il leur assure ?

Chapitre XV — Les enfants

Charles Brunet marie ses deux filles. Claire. la première, en 1958, avec un professeur de mathématiques de Bordeaux, Fabien La Ferté, dont la famille possède près du bourg un ancien logis seigneurial. Union doublement symbolique pour l'ancien laitier. Par ailleurs, Claire voue une dévotion sans faille à son Fabien, dont on comprend pourtant vite à l'usage qu'il ne la mérite guère, toujours occupé à poursuivre la dernière mode intellectuelle ou la première femme qui passe, en vérité seulement soucieux de lui-même.

Anne épouse, elle, un étudiant en médecine aux dents longues, Claude Girard. Pas du genre, celui-là, à devenir médecin de campagne et à soigner les pauvres gens. Il aura sa clinique. Et à Paris.

Quant à Jean-Luc, dont Charles Brunet a décidé qu'il lui succéderait à l'étude, il répugne à « faire son droit ». C'est un mystique. Il ne se voit pas en notaire, sinon pour ne pas décevoir son père. Il demande à réfléchir, obtient de résilier son sursis et de partir faire son service militaire. On verra au retour. « Cela lui fera le caractère », pense Charles Brunet. D'autant que c'est l'époque de la guerre d'Algérie et que Jean-Luc est envoyé dans les djebels.

Chapitre XVI — Jean-Luc

Revenant profondément marqué d'Algérie, Jean-Luc déclare vouloir entrer dans les ordres réguliers. Depuis qu'il a visité, enfant, le monastère bénédictin de Ligugé, il sait que seule lui convient cette vie de contemplation et de prière.

Charles Brunet ne cède pas. Lui qui n'a pas eu de père, il use de son autorité, décide, tranche, ne doutant pas de son droit de le faire et sûr de sa position. Jean-Luc cède et retourne en faculté, mais moins par faiblesse de caractère que pour ne pas détruire son père. C'est un solitaire ; sa seule amie, on l'a vu, est Violette, la fille de Zépha, qu'il a connue en allant chez sa grand-mère.

Le drame s'accomplit quand Charles Brunet, suivant sa logique, décide de marier Jean-Luc. Il a trouvé pour lui un bon parti : la fille d'un marchand de biens. La famille est riche, mais l'argument principal est peut-être que la fille, sensuelle, provocante, rappelle à Charles Brunet cette Lucile inoubliée. Ce qu'il n'a pas vécu lui-même, le quinquagénaire va le vivre par procuration.

Jean-Luc se défend puis à nouveau se résigne. Il se fiance. Mais tout cela est tellement contre sa nature et sa vocation qu'il finit par se reprendre. C'est ce jour-là qu'il dit à Violette sa décision d'annoncer à son père son refus d'un avenir qui n'est pas fait pour lui. En chemin, il se tue.

Chapitre XVII — Le doute

Suicide ou accident ? Accident, conclut la gendarmerie. Mais Jean-Luc n'a-t-il pas inconsciemment trouvé ce moyen de ne pas aller affronter son père ? De ne pas le décevoir ? Ce doute est une première fissure dans la forteresse Brunet.

Servane apaise son mari, détourne son inquiétude sur les enfants de leurs filles. L'aîné d'Anne et du docteur Girard est ce « fort en tout » qui comble son grand-père. Celui de Claire et Fabien la Ferté est au contraire un gosse turbulent et fantasque. Les petites filles émeuvent Charles Brunet mais l'intéressent moins que les garçons.

Le couple La Ferté traverse des crises dont seule Claire fait les frais. Fabien s'est exalté en mai 1968, mais, l'émotion retombée, il n'en garde comme principe de vie que de « profiter du système », légitimant en quelque sorte ses insuffisances et ses caprices. Pauvre Claire : elle lui est d'autant plus attachée qu'elle connaît sa fragilité.

Chapitre XVIII — La retraite

Aucun des deux petits-fils ne reprendra l'étude Brunet : l'un accède déjà aux grandes écoles, l'autre tourne le dos à cette société contre nature et parle d'élever des chèvres. Servane comprend l'amertume de son mari. Elle obtient qu'il travaille moins, qu'il prépare sa retraite. Alors ils auront le temps de voyager un peu, de faire tout ce qu'il a fallu repousser sous la pression des jours et des urgences.

Charles Brunet n'est pas insensible aux arguments de Servane. En 1978 — il a soixante-huit ans — le couple cède l'étude et se retire au village, dans une ancienne maison de famille des Simon L'Aurant.

Jardin, lectures, visites des enfants aux fêtes carillonnées. « Le temps passe », note ma mère. « Si vite. Si vite. » Mort de Servane.

Nous voici au début de ce récit, avec l'enterrement, l'arrivée de Zépha, le désarroi de Charles Brunet prenant maintenant conscience que « pour être quelqu'un », il a sans doute oublié d'être lui-même, et qu'il a en outre sacrifié sa mère, dont il a empêché le remariage avec le laitier ; son fils ; et sa femme, confinée dans son ombre cinquante ans durant.

Dur examen de conscience pour un homme resté seul. Charles Brunet peut aussi bien décider de mourir, comme il en a la tentation, que s'accorder enfin avec lui-même. L'épilogue nous le dira.

Voici donc pour le plan de cette histoire que ma mère ne finira jamais d'écrire. Un plan ne donne pas grand-chose à lire : pas de décors, pas de gestes, pas de dialogues, pas de style — pas de roman en somme. Sans compter qu'il faudrait ajouter tout ce qui se passe dans la vie de celui qui écrit, et qui peut venir s'intégrer à l'action prévue ou en bouleverser l'ordonnance, les bonnes et les mauvaises nouvelles du jour, la p'tite chanson des saisons qui passent, les humeurs de l'auteur, la vie propre des mots et même, dit-on, l'indépendance des personnages qui ne vont pas toujours là où on voudrait les mener.

Réduite à ses intentions, l'histoire de Charles Brunet est bien ordinaire, sans baleine blanche, sans révolte dans le désert, sans rien qui mirobole. Des gens qui traversent comme ils peuvent leur part d'existence, et la vie qui s'use à la meule des jours sans que nous ayons le loisir ou l'occasion de dire les éblouissements que nous portons au fond de nous. Petits soldats courageux d'une guerre toujours perdue, dans quelle solitude nous faut-il donc patrouiller aux frontières du néant !

Pour ce que ma mère nous avait dit, le personnage principal de son livre, celui qui justement donnait un sens aux choses, était Servane. Tandis que Charles Brunet, destin assumé, devoir accompli, simulacres et conformismes au rendez-vous, paradait sur les tréteaux de la réussite. Servane incarnait ce qui depuis toujours fascinait ma mère : l'effacement, le dévouement comme forme supérieure de l'amour. La pratique qu'en fait Servane, toujours absente de l'action proprement dite, on la retrouvera sublimée dans la vocation de Jean-Luc, mais c'est en somme la même chose.

La dernière fois que nous avons parlé, ma mère et moi, de la vie contemplative, j'ai dû dire des bêtises, dénoncer l'égoïsme de ces existences protégées des croche-pieds de la quotidienneté, à l'abri des murs épais et de rituels éprouvés.

« Tu ne comprends pas, disait-elle.

— Tant qu'à servir Dieu, insistais-je, autant que cela soit parmi les hommes. La prière n'aide que celui qui prie.

— Tu ne comprends pas », répétait-elle.

Elle avait les larmes aux yeux. Me voilà bien, maintenant, avec ces larmes-là en plus.

Toute sa vie, je le sais, elle a éprouvé ce vertige du don total d'elle-même, cette fascination de la pureté, le mépris de ces très périssables enveloppes charnelles qu'on farde et qu'on pare comme si elles étaient autre chose qu'un peu de poussière dans l'océan des siècles. La conscience aiguë qu'elle avait de la précarité de notre condition la faisait adhérer aux principes sans complaisance des catéchismes de son enfance. Pas de salut sans sacrifice, étant entendu que le sacrifice est d'autant plus méritoire qu'il reste ignoré.

Je ne sais si ma mère aurait, comme sa sœur Aline, fait une bonne religieuse, avec son caractère, ses façons de suffragette — à seize ans, elle rédigea une « Déclaration des droits de la femme » —, son goût des barricades légitimé par ce Jésus de Nazareth « venu apporter le feu sur la terre », son regret que l'Eglise ait été si longtemps du côté des Puissants.

Mais je sais à quel point elle a pu être attentive aux autres, toujours là pour donner la main dans les passages difficiles, dans les épreuves à traverser. Elle a ainsi écrit des milliers de lettres, toutes porteuses d'espoir et de courage. Quelle fidélité, quelle assiduité ! Mais était-ce suffisant pour qu'elle ait pu se sentir en règle avec elle-même ? Ah ! si seulement j'étais sûr qu'elle n'avait pas eu peur au moment de mourir ! « S'est-elle vue partir ? » nous demande-t-on. Nous répondons que non, histoire de ne pas inquiéter. Mais qui sait ?

Je ne suis d'ailleurs pas certain que pour cette rude affaire-là elle attendait du secours de la religion. Une sorte de face à face entre la mort et elle, et sans baisser les yeux. Dieu, ce serait pour après, pour toujours. Nous, sans doute, nous pouvions l'aider, faire au moins qu'elle ne soit pas seule, et mon père était avec elle. Ses « anciens » aussi, qui étaient déjà passés par là et avec qui elle entretenait un mystérieux dialogue. Elle pensait à eux quand elle mettait ses gestes dans les leurs, quand elle plantait un arbre, quand elle rangeait son armoire à linge ou chantait à ses petits-enfants des comptines éprouvées ; elle entendait se montrer digne d'eux, restait soucieuse que la lignée ne déchoie pas. Ce sentiment d'appartenance, nous disait-elle, l'a souvent aidée. Et, l'âge venant, elle s'est mise en règle en transmettant à son tour l'intime héritage.

L'an passé, elle m'a par exemple donné la photo sous verre du mariage de sa mère, c'était en 1904, une belle noce ma foi, cent huit personnes bien rangées sur le cliché, des toilettes et des coiffes, des blouses bleues, des chaînes de montre, des enfants assis dans l'herbe et des bouteilles qui circulent au dernier rang. « A gauche des mariés, précisait la lettre jointe, tu trouveras Irma Prieur, Charles Maillou, Anna Maillou sa sœur, Victor Prieur, Andrée Lévêque, André Pellevoisin, Adeline Petit... » De tous ceux-là, de notre parenté sépia n'en reste guère aujourd'hui, mais j'ai pris le relais, et si parler de quelqu'un c'est le faire exister encore un peu, alors c'est promis, je dirai à mon tour la prière à survivre — Irma Prieur, Charles Maillou, Anna Maillou sa sœur...

Sans doute — mais le plan n'en parle pas — avait-elle prévu une page ou deux sur le sujet, par exemple quand Charles et Servane se retirent au village, à cet âge où l'on ne peut plus se contenter de penser à l'avenir et où mieux que jamais se mesure le chemin. Vers les années 50, notre histoire s'est cassée en deux, et les Brunet, tout comme mes parents, se sont trouvés écartelés entre hier et aujourd'hui, deux parties dérivantes d'un continent fracturé. Pour la première fois depuis bien longtemps, le présent ne se déduisait plus du passé, l'expérience des pères n'avait plus force de loi, leurs valeurs n'avaient plus cours.

L'apparition des moteurs dans la maison, la sécurité sociale pour tous et l'assurance obligatoire, le monde entier sur un écran, la fin des colonies et de la bonne conscience, l'abolition des distances, l'usage des antibiotiques, la disparition d'un univers rural où étaient nos certitudes, et sans compter l'homme sur la Lune, quel vertige ! Comment rester soi-même dans cette tempête-là ? « N'oubliez pas ! disait ma mère. Si vous oubliez d'où vous venez, vous ne saurez plus qui vous êtes. »

Ainsi disait-elle, ma mère d'hier et d'aujourd'hui, ma mère d'avant les remembreurs, les goudronneurs, les tronçonneurs, ma mère du temps des coquelicots, ma mère des troupeaux qu'on rentre, ma mère des crêpes une pièce dans la main et des œufs de Pâques cachés au jardin, ma mère qui n'a jamais jeté du pain...

S'il m'était donné par privilège le pouvoir de communiquer aujourd'hui une seule fois avec elle, je crois bien que je lui rappellerais un de ces chants de trait que le laboureur chantait à ses bœufs pour assurer leur bonne humeur et régler leur allure. Arauder, disait-on dans les Deux-Sèvres. Il s'agissait d'une sorte de mélopée strictement cadencée, faite de cris rauques, de commandements, d'encouragements, de gentillesses, alternativement parlés et chantés.

Ainsi cette version notée dans la Nièvre :

Parlé : Holé-holé-ho, mes garçons... [*cri guttural*] Tiâ... Allez, allez, allons, Fraïo, Papillon... Tiâ, tiâ...

Chanté : Holé, holé, mon garçon... Laize-té dévoler lé...

Parlé : Hardi, hardi mon Chagnô...

Chanté : Holé, holé, holé-ho — mes deux p'tits frères mon gentil... Holé, holé-ho, holé-ho...

Parlé : Ho, ho, vai drai... Vin ichi, vin ichi... Fraïo, Rondô, Corbin, mes gentils...

Chanté : Holé, holé, holé-ho... Hé Rossigneu !

Et ainsi de suite pendant la durée du labour. Dans le Berry, on a paraît-il gardé le souvenir du grand Renard, de Fontenay, laboureur à Cosnay, qu'on entendait à une lieue mener « le grand labourage » à dix bœufs : « Ça, Gaya, Satzé, Guivé — Fauviau, Charbouniau, Carmé — Cerison, Morin — Rossigneu, Châtain — Eh, eh, eh, mes maignons — eh mes valets, allons... » Le tout d'une seule haleinée, eux devant, lui derrière, d'une seule haleinée et à pleine gorge.

Si une voix peut t'atteindre, là où tu es, c'est celle du grand Renard, je le sais bien, allant dans le matin d'automne, rappelle-toi, c'était avant ces temps dénaturés, avant ces hommes désaccordés, allant dans le matin d'automne et chantant comme on ne chantera plus jamais.

Sans doute, et tant mieux, les enfants de nos

enfants inventeront-ils d'autres vérités et d'autres nostalgies, d'autres façons d'être, d'autres façons d'aimer, mais moi, ici et aujourd'hui, déclarant ne rien ignorer des inexpiables conditions de vie et de travail que peut cacher le passage d'une charrette bleue et lente au fond de la mémoire, moi, le cœur en détresse, je parle de ce monde-là qui meurt avec ma mère.

VENDREDI 6 NOVEMBRE

Jonchée rouge et or des feuilles de la vigne vierge, emportées par les vents de la nuit. Passent les mots et les saisons.

Jonchée, saison : ce sont là des paroles de sa chanson, comme aimer, mémoire, armoire, troupeau, tisane, œuvrer, veillée, tendresse, bonheur, prière, lumière, salut, passion, anciens, joie, matin, pitié.

Si je savais, je tresserais ces mots en tresse de détresse, pour ma mère morte que les saisons une à une maintenant vont recouvrir.

LUNDI 9 NOVEMBRE

Quitté Tillou hier. Dans le rétroviseur, mon père était cette fois seul. Je l'imagine dans le silence de la maison vide, avec sa peine, son feu et son chat, essayant de comprendre les rangements aventureux de ma mère — le sucre ne se trouvera pas nécessairement dans la boîte à sel —, entreprenant de réaliser fidèlement, un à un, tous leurs projets — changer le tissu du canapé, planter une haie, acheter une armoire —, organisant son courage et son temps à se dévouer pour nous : « C'est ce qu'elle aurait voulu... »

Aujourd'hui, France-Inter a rediffusé une radioscopie de ma mère. « Le chat, me téléphone mon père, a tourné autour du poste tout le temps qu'elle a parlé. » Moi aussi, mais sans oser écouter. Il aurait suffi d'appuyer sur une touche pour entendre sa voix, mais j'étais terrifié et ne l'ai pas fait.

Je crois bien que nous allons tourner longtemps ainsi autour de ma mère présente-absente.

Il me revient que nous devions aller à Fontevrault voir le gisant de sa copine de toujours Aliénor d'Aquitaine, à Aulnay-de-Saintonge un été quand l'après-midi brasille sur les tombes moussues et qu'il fait si benaise dans la vieille église, à Reims saluer l'ange au sourire... Je devais aussi l'emmener à la Bibliothèque Nationale ; elle ne voulait pas croire que son nom était dans les fichiers, ni que nous étions, elle et moi, dans les mêmes catalogues... Elle prétendait que je disais ça pour lui faire plaisir...

Tous ces chemins qui ne mènent plus nulle part...

JEUDI 12 NOVEMBRE

« J'arrive du cimetière, me téléphone mon père. On a volé la grande vasque de chrysanthèmes… »

Aussitôt me revient une vieille et terrible nausée. Pilleurs de cimetières, monde sans foi ni loi de faiseurs de coups en douce, de doubles visages, de cyniques… D'exploiteurs, d'arrogants… Tout ce qu'on voudrait dire et qui échappe aux mots ordinaires… L'impuissance des gens de bonne volonté dans ce désert livré aux cavaliers de l'Apocalypse… A la dernière lettre qu'elle m'a adressée, ma mère avait joint un article de journal : un superchâtelain expulsant un paysan squatter. « Et ça existe encore ! », avait-elle noté. L'expulseur était dans son droit, mais ma mère était toujours pour l'expulsé.

Sans doute nous ses enfants allons-nous selon nos tempéraments nous partager ses rôles — je vois bien Geneviève recueillir en son nom toutes sortes de chats perdus, Françoise gironner et pâtisser ; pour moi, je continuerai à m'indigner comme elle s'indignait, à vomir de honte, de pitié, de révolte… Quand cesserons-nous donc d'être aussi malfaisants ?

Comme s'il devait rester autre chose du passage de l'homme sur la terre qu'un bruissement du silence parmi les pierres mortes…

« Ce qui me console, continue mon père, c'est que celui qui a fait ça ne l'emportera pas au paradis… »

Et il ajoute, presque joyeux cette fois :

« Comme on la connaît, qu'est-ce qu'elle doit pétucher ! »

Cela me rappelle lorsque, tout petits, nous t'encombrions à te « tourner dans les jambes » ; tu disais, excédée : « Va donc voir ailleurs si j'y suis ! »

Mais où, dis ?

NOVEMBRE

J'ai demandé à la famille à nouveau éparpillée de me faire parvenir des nouvelles de ma mère, et les lettres commencent à arriver, chacune chargée d'un souvenir, d'un regret, d'une image possible, d'un rire autrefois partagé — de tout ce que Mac Orlan rangeait au nombre des « mélancolies strictement personnelles ».

Ma sœur Geneviève m'envoie ainsi cette histoire d'autrefois, « du temps où, adolescente difficile, dit-elle, je voulais que maman ne m'aime pas ».

> Cette année-là, le mois de septembre avait été très beau et je ne tenais pas en place.
>
> Tous les après-midi, je partais dans les bois. Je traversais le jardin, les ronces avaient remplacé le mur de clôture depuis longtemps en ruine. Lorsque ma chienne m'accompagnait, je devais les prendre à pleines mains pour lui faire un passage et alors, je ne pouvais plus me protéger le visage.
>
> « Tu es maigre et méchante comme un chat sauvage », me disait ma mère.
>
> Lorsque j'arrivais à la Coupe, j'étais en nage. Je m'asseyais, les bras fermés autour des jambes. Je parlais : « Je ne veux pas aller à Paris, tu com-

prends. Le collège, déjà, c'était pas drôle, mais Paris... Je ne veux pas aller à Paris. »

Je parlais et il semblait m'écouter.

Il arrêtait de se battre avec les arbres. Je le regardais. Ses gestes étaient doux quand il ramassait un morceau d'écorce.

Il caressait l'écorce et elle semblait vivante entre ses mains.

Il parlait et je ne comprenais pas.

Je le regardais, il caressait les arbres. Je frissonnais, j'avais une étrange envie de pleurer.

Le soir, ma mère montait dans notre chambre pour nous dire bonsoir. Elle parlait avec ma sœur : « L'an prochain, il faudra refaire le papier de la chambre. Tu ne liras pas trop tard ? Tu n'as pas trop chaud ? »

Puis, elle s'approchait de mon lit. J'avais le visage dans l'oreiller et je ne bougeais pas. Elle ne cherchait pas à m'embrasser, je sentais sa main qui frôlait mes cheveux. « Mon petit chat sauvage. »

Dans les bois, il y avait des mûres. Il y avait encore des fraises.

Ma chienne me suivait parfois. Elle se couchait près de moi.

Il souriait.

« Je ne veux pas aller à Paris, tu comprends ? »

Ses gestes étaient doux quand il caressait les arbres. Dans son pays, il avait un fils de mon âge, mon père me l'avait dit.

Le jour de mon départ, l'air sentait l'automne.

De Françoise, j'ai reçu une chanson à câliner qui,

de mère en fille ou de grand-mère en petite-fille, a fait ses preuves chez nous :

> Nin-nin petite
> Sainte Marguerite
> Endormez-moi cet enfant
> Jusqu'à l'âge de quinze ans
> Quand elle aura quinze ans passés
> Elle sera bonne à marier.

De Françoise encore, une recette. Ma mère avait toujours beaucoup de mal à figer en mots, en proportions exactes, des recettes qu'elle réussissait à coups d'un peu plus et d'un peu moins, de grosses pincées et de petits quarts d'heure. Voici donc, mesdames et messieurs, en version originale, la formule de ce que nous appelons « le Gâteau à l'Allumette » :

> Prendre des œufs.
> 3, 4 ou 5 selon la grosseur des œufs.
> Les mettre sur la balance et peser leur poids de sucre, de farine, de 1/2 d'astra 1/2 de beurre.
>
> Battre les œufs cassés avec le sucre, le sucre semoule fond plus vite que le cristal. Bien battre. Mettre 1 parfum, vanille ou fleur d'oranger, rhum, citron râpé, orange, jus de citron au goût ou suivant ce que tu dégotes. Tu fais fondre l'astra et le beurre et tu ajoutes une cuillerée de crème ou de yaourt pour refroidir.
>
> Tu mélanges à la farine un paquet de levure Alsa, tu mélanges tout dès que ton beurre est à peine tiède. Tu bats bien, tu mets à four moyen mais déjà chauffé à 6 depuis que tu as commencé ton bazar. Au bout d'un quart d'heure, tu regardes, si c'est bien tu laisses aller. Si ça va vite, tu mets un papier. Tu laisses encore un bon quart d'heure.

> Tu piques dans le gâteau l'allumette qui t'a servi à allumer ton four. Si elle sort sèche, c'est cuit.

De mon père, un brouillon de lettre trouvé dans un tiroir, ébauche de réponse à un concours du journal *Elle,* dont le thème devait être « Comment vieillissez-vous ? ». Elle y parlait de ses attentes de jeune femme, de ses enfants et de son cœur écartelé maintenant en veilleuse, de sa nouvelle solitude, de fatigues brusques, de tristesses vagues, regrettait de ne savoir rien faire d'autre que « torchonner » sa maison et parlait de « s'organiser » pour sortir de cette crise-là. « Le pire, disait-elle, est passé. La preuve ? Je vous écris. » C'était en 1961 et cette femme qui parlait de sa vieillesse avait quarante-cinq ans.

Du cahier vert Vélin d'Angoulême un passage où un vieux jardinier, le père Jonas, est obligé de partir pour l'hospice :

> « Quand tu blaguais chez Mimile : " Moué, l' Bon Dieu m'a oublié sur la terre et un d' ces matins j' m'en vas m' réveiller mort... " tu savais bien que ça ne serait pas aussi simple. Ce serait trop facile de glisser de la vie à la mort dans un sommeil d'enfant, sans connaître le mal qui vous ronge le corps, le froid qui monte lentement et la peur, Jonas, la peur gluante, la peur panique... Le dernier sursaut viendra en son temps, ne t'inquiète pas, tout est prévu, une saison pour chaque chose, les semis et les récoltes. Aujourd'hui, c'est seulement le temps des adieux à ce que tu aimes, à ce coin de ciel, à ce bout de terre, à ces tuiles rousses derrière les

feuillages, à ton village, à tes amis... L'adieu à la vie, c'est pour après. »

D'un autre papier, des noms de personnages pour des histoires à venir : Perce-Palisse, Broute-Lumas. Cela me rappelle les trois chèvres de Victorine la Toucheuse, dans *Nous n'irons plus au bois :* Crevation, Pourriture et Catin du Diable, camarades de jeu du bouc Belzébuth. Elle aimait beaucoup, ma mère, cette santé du populaire qui rit avant de devoir pleurer — *le bon temps durera moins que les impôts.*

De la cousine Odette, des papiers juste dénichés à la mairie des Alleuds (Deux-Sèvres) :

> « L'an de grâce mil sept cent soixante-six le dix may Jean Pierre Gurgand âgé de 55 ans environ est décédé dans sa maison située au hameau de la Baurie en cette paroisse, sa mort causée par la morsure d'un loup enragé. Il s'est confessé à moy soussigné avec toute sa connaissance et les sentiments d'un bon chrétien mais les transports et les convulsions de cette étrange maladie ne lui ont pas permis de recevoir les autres sacrements. Il a été enterré dans le cimetière le lendemain de son décès onzième jour des mois et an que dessus.
>
> Sépulture de Marie Anne Gurgand
>
> Le même jour que dessus le dix may mil sept cent soixante-six et de la même maladie causée par la morsure du même loup enragé est décédée Marie Anne Gurgand âgée de six ans fille d'André Gurgand et de Marie Anne Mandegault du hameau de la petite Tranchée en cette paroisse, a été enterrée dans le cimetière au lieu accoutumé de la sépulture des enfants le onzième jour des mois et an que dessus.

Sépulture de Marie Anne Mandegault

L'onze du même mois de may mil sept cent soixante-six, Marie Anne Mandegault épouse d'André Gurgand âgée de vingt-sept ans aussi mordue par le même loup enragé est décédée dans sa maison située au hameau de la petite Tranchée en cette paroisse. Avec les sentiments de la plus vive piété elle s'est confessée plusieurs fois dans le cours de sa maladie. Mais ses profondes blessures au visage et autres parties de son corps et la violence de ses accès ne luy ont pas permis de recevoir les autres sacrements qu'elle a toujours désiré ardemment. Jusqu'au dernier soupir elle ne s'est pas oubliée un moment au milieu de tous les transports dont elle a été agitée pendant trois jours. Elle a été inhumée dans le cimetière au bout vers septentrion. Toute la paroisse assistant à ses funérailles et fondant en pleurs le lendemain de son décès douzième jour des mois et an que ci-dessus.

MAICHIN, prieur curé des Alleuds

Par ces nuits longues de novembre, je pense souvent aux Marie-Anne des Alleuds, la mère et la fille, et aussi à André, époux et père, et à Louis-Antoine, le fils qui lui reste et dont je finirai par naître, je pense au loup enragé cette année-là préposé au malheur. Cette histoire, je le sais, aurait touché ma mère plus sûrement que si la cousine Odette nous avait découvert un oncle d'Amérique ou des quartiers de noblesse.

C'est que des loups, nous en avons plein la mémoire, et aussi des vols d'oies sauvages, des vents du Nord, des Chandeleurs, des seuils usés, des solstices, des appels de tocsin, des femmes en noir, des prières pour la pluie, des pleines lunes, des calvaires, des étoiles filantes... Nous sommes si vieux...

On ne gagne rien à renier ses airs de famille ni à larguer une mémoire lourde de dix ou vingt siècles de maîtres mots, de maîtres gestes, de maîtres rêves. Voyez ce pauvre Charles Brunet debout désemparé parmi les ruines de sa vie.

Dans l'épilogue qu'elle avait prévu d'écrire, ma mère, qui aimait que les choses finissent bien, nous montrait le vieil homme peu à peu apprivoisé par son petit-fils contestataire Bruno, celui qui, prétendant que le Progrès s'est dévoyé en chemin, refuse la dictature des taux de croissance et veut élever des chèvres.

Servane, Jean-Luc et Bruno sont dans cette histoire ceux qui ont raison et peuvent sauver le monde. L'ayant enfin compris, Charles Brunet liquide ses derniers biens pour acheter un troupeau à Bruno ; il va se retirer en compagnie de Zépha dans la petite métairie sans confort où vivait Vincente et qu'il avait quittée pour devenir quelqu'un. Enfin apaisé, il retrouve Servane, plus proche qu'elle ne le fut jamais.

Voilà donc terminée l'histoire de Charles Brunet, telle que ma mère voulait l'écrire. Je n'ai plus rien à faire ici, sinon à répéter ce qu'elle disait de notre incertaine condition, ma mère, avec ses recettes et ses berceuses à conjurer la nuit : s'aiment les hommes et les femmes, et tourne le monde et rôdent les loups gris, nous valons mieux que ce qui nous arrive.

DIMANCHE 29 NOVEMBRE

Le temps qui délite les pierres et les chairs finit dit-on par user les chagrins. On en reparlera. En attendant, ohé des amis ! ohé des aïeux ! serrons-nous un peu, l'hiver s'annonce frais.

Tandis que s'achève ce novembre peineux où nous avons mené en terre ma mère ici célébrée et regrettée infiniment, je reste le nez aux carreaux et je pluie, je boue, je vent noir dans les arbres nus, j'égrène au ciel pour elle les corbeaux de mon amer chapelet.

Amen.

Table

Achevé d'imprimer en avril 1982
sur presse CAMERON
dans les ateliers de la S.E.P.C.
à Saint-Amand-Montrond (Cher)

— N° d'édit. 106. — N° d'imp. 452/232.—
Dépôt légal : Avril 1982
43.01.0112.01
ISBN 2.86374.091.1

43.0112.3

Guéret
la Creuse
toilé
fourni